メディアワークス文庫

薬師と魔王2
光芒《こうぼう》の縁《えにし》をつなぐ

優月アカネ

目　次

CHARACTERS

ブラストマイセス王国

セーナ
異世界に転生した元薬剤師。その知識を活かし、
異世界では薬師として活躍する。魔王デル様と結ばれ、
王国の妃となる。

デルマティティディス
王国を治める最強の魔王。
「デル様」という愛称は、セーナだけに許している。
結婚後も、セーナへの溺愛はゆるがない。

タラ
セーナとデルマティティディスの娘。赤子ながら、
非凡な能力を秘めているようで……？

ロシナアム
セーナの侍女。凄腕の暗殺者《アサシン》でもある。

フラバス
王国の筆頭医師。セーナの医療をサポートする。

プラーナ帝国

ペドロ3世
皇帝。小柄で丸々とした容姿に反して、
こなれた政治力を持つ。

ヘンドリック
悲運の皇太子。過保護に育てられ、将来を悲観している。

アイーダ
軍に籍を置く皇女。明るく自由闊達だが、お勉強は苦手。

プロローグ

秋の終わり、冬の始まり。

乾いた風が色とりどりの葉を揺らし、黄色く小さな花が甘い芳香を放つ、私の大好きな季節。

異世界に来てこの折節を迎えるのも、もう何回目になるだろう。愛《いと》しいひとに出会い、王妃となり、そしてかけがえのない我が子が産まれて。五感を刺激する世界は似たようであっても、同じ気持ちで過ごした年は二つとしてない。未知なるものに囲まれた日々は変化にあふれている。

ゾフィーで麻疹《ましん》が発生したのは、どこか切ない気持ちを携えて、明くる年に思いを馳《は》せていた折のことだった。

治療の拠点となっているゾフィー東部病院には、多くの子供とその保護者が詰め掛けていた。状況はある程度予測していたけれど、いざ目の前にしてみると患者の多さに圧倒される。それは一緒に駆け付けたドクターフラバスも同じようだった。

「感染力が強いな。昨日の患者数は50名だったらしいけど、倍はいるねえ」

「麻疹の感染力はきわめて強いんです。それに、感染してしまうと9割以上が発症してしまいますから。明日にはもっと増えるでしょうね」

応接室への案内は断った。院長室に荷物を置き、状況の報告を聞きながら同時進行で身支度を整える。私たちはお客様ではなく、医療者としてここに来ているのだから。

「王妃殿下。フラバス様。現在診療は感染症に耐性を持つ魔族職員で対応しております。有効な特効薬はないと聞き及びましたので、感染者の隔離と対症療法に力を入れております」

「それで問題ありません。まずは感染を食い止めることが重要です。引き続き、患者さんには適切な治療を提供してください」

ブラストマイセスはおよそ20年前に味わった疫病の苦しみを忘れていない。かの凄惨な経験から学び、教訓とし、常に万が一の事態に備えている。突然の麻疹発生にも現場は動じることなく、有事のマニュアルに従って冷静に対応に当たっていた。

恐縮して頭を下げる院長――ゴブリン族の医師の手を取り、ごつごつとしたそれを手のひらで包み込む。

「院長もご苦労様です。私とドクターフラバスが診療に入るので、交代で休みを取るよう皆に伝えてもらえますか？」

「……！　いえ、しかしそれは……」

ゴブリン院長の顔には疲労が色濃く滲《にじ》み出《で》ていて、本格的な冬の到来を待たずして肌はかさかさに乾いている。白衣は張りを失いよれていて、対応に奔走してろくに休息を取っていない様子が見てとれた。

かつての自分の姿がよみがえったのか、隣のドクターフラバスが苦笑する。

「セーナ殿下は社交辞令を言わないお方だ。本当に休んで大丈夫だよ。この状況で院長まで倒れたら困る」

探るような院長の視線を受けて、私は口角を上げながら頷《うなず》く。すると彼は平身低頭して「殿下の寛大なお心に感謝いたします！」と謝意を述べた。

院長の退室を見届けて、私はひとつ声のトーンを上げる。

「じゃあ、私たちも行きましょうか。1日でも早く麻疹を終息させましょう」

「うん、頑張ろう。なんだか懐かしいな、ここでセーナ君と一緒に診療をするなんて」

「ほんとうですね。ところどころ改修されていますけど、建物自体は当時と同じですね。この部屋も」

彼の感嘆を受けて思わず周りを見渡す。灰色の重々しい石がむき出しになった、年季を感じさせる壁。執務机やたくさんの専門書が並んだ本棚は記憶と同じ位置にある。茶色の絨毯《じゅうたん》だけは、少しだけ色褪《いろあ》せた気がするけれど。

ドクターフラバスと初めて会ったのも、この院長室だった。時は流れて私は王妃に、そして彼は王国筆頭医師に。互いの立場は変わったけれど、医療という同じ道の上に立っていることは変わらない。

彼が差し出した右手をぐっと握り、どちらからともなく顔を綻ばせた。


ゾフィーを襲った麻疹の流行は、およそ1か月で終息をみた。

このあいだ私は家族から離れ、ドクターフラバスと病院に泊まり込んで治療に当たっていた。

麻疹に特効薬はない。対症療法が主となるけれど、高熱が何日間も続くため、体力のない乳幼児にとっては命取りになる。合併症である肺炎にも注意が必要だ。

升麻葛根湯《しょうまかっこんとう》や荊防敗毒散《けいぼうはいどくさん》をはじめとする漢方薬や、研究所で開発した二次感染予防の抗生物質を使って、職員一丸となって治療を尽くしたものの、多数の子供が命を落としてしまった。

王城に残してきている娘を思い出さずにはいられなかった。もし娘が年端もいかないうちに生涯を終えたら、私は正気でいられる自信がない。我が子を亡くした母親の慟哭《どうこく》は胸が潰れる思いだった。

そして、流行が終息したからすべて終わりというわけでもなかった。

「先生。発疹《ほっしん》の跡が治らないんだ。これはいつ消えるんだい？」

「先日麻疹になってしまったんですけど、実は妊娠がわかりまして。赤ちゃんは大丈夫でしょうか？」

心もとない表情の患者たちに対してできることもまた、残念ながら多くはない。歯がゆさで唇を噛《か》む。

「色素沈着していますね。たいていの場合は1週間前後で消えるのですが、なかには長引く方もいらっしゃるようです。漢方薬をお出ししますので、経過をみていきましょう」

時間はかかるものの、男性の色素沈着はいずれ改善する。そういう意味では救いがあるけれど、やりきれないのはすでに打つ手がないケースだ。

言葉を慎重に選びながら妊婦さんに切り出す。

「それはお辛《つら》かったですね。……すみません。酷なお話になってしまうのですが、妊娠中に麻疹に罹《かか》ると赤ちゃんに影響が出る可能性があるんです。早産、流産ですとか、発育異常を起こすおそれもあるとされています」

すると、彼女は一気に色を失った。

「そんな……っ！　王妃殿下、わたしはどうしたらいいのでしょう!?　この子は何も悪くありません。やれることがあるなら何でもやります。高いお薬だって働いてお支払いしますし、どんなに痛い治療だって我慢できます。だからどうか、どうかお助けください！」

悲鳴を上げて椅子から崩れ落ちる女性の隣に膝をつき、そっと肩を抱く。

なんと声を掛けたらよいか——そもそも声を掛けるのが正解なのかどうか、私にはまだわからない。薬師《やくし》として多くの現場に立ってきたけれど、その都度自分の力不足を感じる。病気だって、不安な心だって、この手で治せないものはまだまだたくさんある。

私が薬剤師になった理由。病気なんかに当たり前の日常を、そして大切な人を奪われたくないという思いは、未《いま》だ長い道程の半ばなのである。

【薬師メモ】

麻疹とは？

麻疹ウイルスによって引き起こされる感染症。江戸時代においては数十年おきに流行して多くの死者を出し、「麻疹は命定め」と言われるほどだった。生類憐《あわれ》みの令でおなじみの徳川綱吉《とくがわつなよし》も麻疹によって落命している。

第一章　遥《はる》かなる帝国

1

「それで、予防接種を導入したいというわけだね？」

「はい！　麻疹もそうですけど、予防接種をしておけば罹らない、あるいは罹っても軽症で済む病気って多いんですよ。今回のような出来事を繰り返さずにすみます」

ゾフィーでの治療支援を終えて、私たちは王都近郊に戻っていた。

ドクターフラバスをはじめとする魔族は、身体を循環する魔力が堤防になるので、細菌やウイルスといった微生物に感染しないことがわかっている。その一方で、一応人間の私は麻疹ウイルスを保有している可能性があるため、念のため国立医療研究所にて15日間の隔離生活を送っているところだ。

お城には数えきれないほどの使用人がいるし、2歳になったばかりの娘もいる。私がウイルスを持ち込んでうつしでもしたら大変なことになってしまう。

ドクターフラバスが差し入れてくれたクッキーを齧《かじ》り、熱々の紅茶をちんまりと口に含む。ふうと息をついて、対面に座る馬顔の医師に視線を戻す。

「漢方薬もそうですけど、病気になることを防ぐっていうのは、命を守る上でとても大切な考え方だと思うんです。昔暮らしていた世界では、生まれてすぐの赤ちゃんから予防接種をしていました」

「子供は抵抗力が未発達だし、体力もない。そういう面においても意義があるね。今回のゾフィーは僕も胸が痛んだよ。命に大人も子供もないけど、やっぱり小さい子が苦しむ姿は心にくるね」

「次の研究課題は予防接種ワクチンの開発にしましょう。手持ちの案件もないので、すぐに取り組みます」

　そう意気込むと、ドクターフラバスはにやりと口角を上げた。

「了解。いよいよセーナ君も本格復帰か。タラ姫が産まれてからは単発的な薬師業に抑えていたもんね。研究に飢えていたんじゃない？」

「実を言うと、育児に必死で研究のことを考える余裕はほとんどなかったですね。娘の生態を学ぶことに日々精一杯と言いますか……」

「すっかり母親の顔だねえ。セーナ君の鬼気迫る研究姿が懐かしいよ」

「鬼気迫るって。……えっ。ほんとうですか？　どうしよう。近づきづらい雰囲気になってました？　没頭すると周りが見えなくなる自覚はあるんですけど」

「あはは。冗談だよ、冗談。セーナ君はからかい甲斐《がい》があるねえ」

「よかった。もうっ、あんまり冷やかさないでください。こういう気安い会話も久しぶりなので、冗談とそうでないことの区別が難しくなってるんですよ」

愛娘《まなむすめ》のタラを産んで2年。離乳をきっかけに仕事に本格復帰することになったのだけれど、ここまでの月日は短いようで長かった。

魔王家のしきたりとして、養育はすべて乳母に任せるのが慣例であるところを、私はできるだけ自分の手元で育てたいとデル様に申し出た。

自分も乳母に育てられた彼はあまりピンときていないようだったけれど、日本の子育てのやり方や、家族で一緒に過ごしたことは必ず将来この子の支えになると思う、という話に耳を傾け気持ちを理解してくれた。そして「セーナの考えは分かった。では、共にタラを育てよう。わたしも父親としてそなたとタラを支えるから」と言ってくれたのである。

何事にも完璧なデル様の言葉に間違いはない。こうして治療支援で長期間お城を留守にできるのも、彼が立派な父親として活躍してくれているところが大きい。私が試行錯誤して身に着けた育児スキルを、彼は要領よく呑《の》み込んでいく。

「それにしても、陛下も子煩悩だよね。魔王としては異例すぎるお姿だけれど、親近感が湧いたと国民には大好評だし」

妻と愛娘に尽くす国王の姿は女性を中心に絶大な支持を得ている。侍女のロシナアムが教えてくれた『陛下を見習ってアンタも頑張りなさいよ！』と尻を叩《たた》かれる夫が増えたという噂《うわさ》も、あながち嘘《うそ》ではないのかもしれない。

「デル様って、ほんとうに完全無欠ですよね。今でも時々不思議に思うんです。どうしてこのひとのお嫁さんが私なんだろうって」

心の底から思っている疑問が、ドクターフラバスには違う意味に聞こえたらしい。

「おやおや、独り身にはこたえる惚気《のろけ》をありがとう。隔離は明後日《あさって》までだっけ？ 王城に戻るのが待ち遠しいね？」

眼鏡の奥で山なりになる目に、かあっと顔が赤くなるのがわかった。

「ちっ、違いますよ。惚気てなんかいません」

「大丈夫だよ、分かってるから！ じゃあ僕はそろそろ失礼するね。予防接種の件は追って煮詰めていこう」

「あっ、ちょっと！」

生ぬるい笑顔を浮かべたまま、彼は所長室を後にした。

「まったく、ドクターフラバスったら。絶対わかってないじゃない」

お茶の食器を下げてもらい、スケジュールを確認するために手帳を開く。目に飛び込んできたのは、表紙の裏に挟んだ家族３人の絵姿だった。

私とデル様に抱っこされて満面の笑みを浮かべる青い髪の子供。くりっとした鳶色《とびいろ》の瞳は私にそっくりだとよく言われる。

思わず手が止まった。

「……タラはどうしているかしら？」

娘のタラとは産まれてから1日たりとも離れたことがなかったのに、急に1か月半も会えなくなった。お城とは毎日連絡をとっているから元気なことは知っているけれど、あの小さな温《ぬく》もりや、おまんじゅうのようなほっぺた、混じりっ気のない天使のような笑顔を思い出すと恋しくてたまらない。

もちろん、デル様のことは言わずもがなだ。

「明後日、ようやく会えるのだわ」

一日千秋とはまさにこのこと。残りの2日間はいっそう長く感じられた。

無事に隔離期間を終えた私は、迎えにきたロシナアムと共に一目散に王城へ飛び戻ったのだった。

2

王城に帰ってまず向かったのはタラの部屋だった。朝のこの時間なら、きっとデル様もそこにいるはずだ。

予想は的中し、パステル調の明るい色で整えられた部屋に入ると、麗しの旦那様が娘を抱えてあやしているところだった。

「デル様！　タラ！　ただいま戻りました！」

「セーナ。おかえり。長らくの治療支援、ご苦労であったな」

デル様は脇に控える乳母にタラを預け、蕩《とろ》けるような笑みを浮かべて私を抱きしめた。

この心安らぐ空間も1か月半ぶり。引き締まった大きな身体《からだ》に両腕を回せば、緊張の糸が緩んでいくのがわかった。

「デル様も、執務にタラのお世話にと、ほんとうにありがとうございました。感染症の流行地には連れて行けないですから、面倒を見てくれて助かりました」

「これまではセーナが仕事を抑えて世話していただろう。ようやく再開できるのだから、そのぶんわたしが子育てを担うのは当然のことだ」

彼の大きな手のひらが、慈しむような動きで頭を撫《な》ぜる。子供が産まれてもデル様の深い愛情は少しも変わらない。

満ち足りた気持ちで彼の腕から抜け出し、乳母に抱っこされて無邪気に笑うタラに近づく。

「タラ。母さまが帰ったわよ。長いこと留守にしてごめんね」

「んだぁ〜！」

タラはしっかりと私の目を捉え、頬をつついた人差し指を掴《つか》んだ。忘れられていたらどうしようと心配していたけれど、キャッキャッと喜んでくれるところを見ると、どうやら覚えてくれているらしい。指を掴む存外強い力と高めの体温を感じて、私の心にもじんわりと暖かいものが広がっていく。

「……大きくなったわね」

子供の成長は早いというけれど、まさにその通りだ。タラの透き通るような青い髪を撫でていると、産まれたときのことが思い起こされた。

タラは難産だった。

予定日を2週間も超過して、どうしようかと悩んでいたところで急に破水し陣痛が始まった。身を切り裂かれるような痛みは丸3日に及び、脂汗を浮かべて唸《うな》る私の背中を夜通しデル様が押してくれていたのは覚えているけれど、細かな記憶は曖昧だ。

初めての子育て。てんやわんやしながら過ごしていくうちに、魔王と不老不死の人間のハーフであるタラは、普通の赤ちゃんとは少し違うということに気がついた。

まず、身体がかなり丈夫だ。人間の赤ちゃんは母体から受け継いだ免疫が切れると風邪をひくようになるけれど、魔族の血が影響しているのかタラはめったに体調を崩さない。産まれてから熱を出したのは2回きりだ。

そして更に変わっているのが成長の速度だった。これは不老不死の影響かしらと思っているのだけれど、タラの肉体的な成長は極端に遅い。2歳になるというのにぱっと見た体つきは1歳そこそこ。運動能力も未熟で、同い年の子が走り回っていてもタラはハイハイをしている。意味のある発語はほとんどなく、むにゃむにゃとした喃語《なんご》の合間に時折それらしい単語が混ざる程度だ。

一方で、どうも脳の発達は実年齢以上に進んでいるらしい。指示は通じるし、相槌《あいづち》のような声を出すこともある。大人の話をかなり理解しているので、タラの頭の中はどうなっているのだろうと常々不思議に思っている。

最初はどこかに問題があるのではないかと気が気ではなかったけれど、医師団の見解は異常なし。健康そのものという判断だったので、私とデル様は「この子なりの成長を見守っていこう」と腹を決めたのだった。

「だあっ！　あちいく！　んだぁっ」

タラは張りのある声を上げて乳母の腕から逃れ、こなれたハイハイで床を移動する。クレヨンと画用紙のところまで行き、留守の間に描き溜《た》めたらしい絵を床に広げ始めた。

「母さまに見せてくれてるの？　すごいね、こんなにたくさん描いたの」

「セーナ様にお見せしたいとお思いのようでして、毎日せっせとお描きになっておられました」

「タラは利口にそなたの帰りを待っていた。近ごろは玩具より絵のほうが好きなようだ」

乳母とデル様の言葉に、タラは目を輝かせて頷いた。

嬉《うれ》しい気持ちで胸がいっぱいになり、私は床に膝をついて1枚1枚感想を伝えていく。

「これは蝶々《ちょうちょう》？　羽の色使いが素敵ね」

「んだっ」

「この怒っている女の人は……もしかしてロシナアム？　ふふっ。侍女長になったから忙しくて大変なのね」

赤や青のカラフルな彩色に、喜怒哀楽がよくわかる似顔絵。親ばかかもしれないけれど、タラは絵の才能があると思う。

「タラ。これはもしかして父さまと母さま？」

ひときわ丹念に描かれている1枚。角の生えた男性とにこにこと笑っている女性のツーショットだ。

「んだんだっ！」

タラは私とデル様を交互に見て、にんまりと頷いた。

「よく描けているな。タラは手先が器用だ」

「自分の好きなことを見つけて、日々健康に過ごしてくれていることが、なにより嬉しいですね」

成長が遅くても、タラが毎日健やかであれば十分だ。

「そうだな。わたしも同じ考えだ。健全な肉体と精神だけは、どれだけ力や富があろうと手に入れることはできぬ。……それは魔王とて例外ではない。そなたと出会えていなかったら、わたしはとうにこの世界からいなくなっていただろう」

デル様は私の腰に手を回し、そっと引き寄せる。

彼はかつて明日の命もわからないほど病弱だった。だからこそ時に魔王らしからぬ考え方をする。強さと自立を促す従来の魔王家教育ではなく、タラを伸び伸びと育てることを良しとしてくれている。魔王業ができるのも健康であればこそ、ということを身をもって知っているからだ。

タラが毎日笑顔でいられるのも、私が仕事に復帰できたことも、すべてデル様の理解があったから。

「デル様。いつもありがとうございます。私、とっても幸せです」

思わず言葉が口を突いて出る。

彼は驚いた表情をしていたけれど、目を細めて相好を崩した。

「……どういたしまして」

真っ赤な曼殊沙華《まんしゅしゃげ》が咲いたような、艶《あで》やかな笑み。彼の夜空のような、あるいは海のような深い青色の瞳に囚《とら》われると、いつだって胸が高鳴ってしまう。結婚しても、子供が産まれても、デル様は気高く美しいままだ。

デル様は私を大きな腕で包み込み、額に優しく唇を落とす。それは魔法のように私の心を解きほぐし、温かな安らぎで満たしていく。

最愛の旦那様に大切な我が子。ここが自分の居場所なのだということを、改めて感じた日だった。

3

国立医療研究所での勤務に復帰して数日が経《た》った。

研究所の空気が美味《おい》しい。とびきり上等なお出汁《だし》でも、こんなに旨味《うまみ》は出ないんじゃないかというくらい私の全細胞に沁《し》みわたっていく。数年ぶりに実験器具に触れたときには感動で危うく昇天しかけた。

デル様に笑われるほど、私は毎日生き生き艶々として過ごしていた。

けれども、産前と決定的に違うことがひとつだけあった。それは、仕事中でもタラのことが気になってしまうということだった。

乳児期のタラを連れて単発的な薬師業をしていたときとは違う。今は乳母に世話を任せていて、日中は完全に別行動なのだ。

「……はぁ。今はお散歩に出ているころかしら。お腹《なか》を空《す》かせて泣いてはいないかしら」

集中を欠いている私を見て、助手のサルシナさんが呆《あき》れ声を出す。

「タラ姫が心配なのは分かるけどさ。何人も乳母がいるんだから快適に過ごしているだろうよ。さあさあ、実験の話をしようじゃないか！」

サルシナさんが実験を急《せ》かすなんて。なんだか昔と立場が逆転している気がする。

「すみません。えっと、予防接種の件ですよね」

名残惜しさを感じながらも、気持ちを切り替えて持ってきた資料に目を落とす。

「ワクチンの組成についていろいろ考えたんですけど、アジュバントにはシネルギ草を使おうと思います」

「シネルギ草？」

サルシナさんは目を丸くしたけれど、それはもっともな反応だった。なぜならシネルギ草はブラストマイセスでは手に入らない、かなりマイナーな薬草だ。サルシナさんはその昔薬店をしていたから聞いたことがあるのだろうけど、一般人ならまず知らない代物だ。

なぜそのような薬草を選んだのか説明をする。

「アジュバントっていうのは、ワクチンに添加して薬効を高める働きを持った成分なわけですよね。元居た世界ではアルミニウム塩なんかがよく使われていました」

つまり化学物質を利用しているのだけれど、そうなるとやはり避けて通れないのが副作用の問題だ。ワクチンの種類によってはアジュバントの種類も変える必要があるだろうし、そのたびに検討開発するとなると時間がかかる。

ところが、シネルギ草を使えばこれらの問題が一気に解決する。書物に記述を見つけたときは、こんなに便利な薬草があるなんて、異世界ってなんて素晴らしいのだろうと舞い上がるような気持ちになった。

「シネルギ草には、組み合わせたものの効果を高めるという作用があるんですって。人を害する作用もなく、安全性も確かです。ぴったりだと思いませんか?」

うきうきしながら、お城の図書室から借りてきたバームクーヘンのように分厚い『薬用植物大辞典』をドンと机に置く。

シネルギ草のページを開くと、サルシナさんの金色の瞳が文字を追う。読み終えるころには納得した顔つきだった。

「なるほどね。確かにアジュバントにぴったりだ。……でもセーナ。シネルギ草はこの国には生えていない。プラーナ帝国が原産って書いてあるよ」

「そこなんですよね」

ブラストマイセスには生育していないのだけれど、原産国のプラーナ帝国にはかなり豊富に、それこそ雑草のようにどこにでも生えているらしい。

「なので、輸出してもらえないか交渉してみようと思います」

サルシナさんは腕を組む。

「輸入ねえ。それより種を貰《もら》ったほうが早いんじゃないかい？」

「それも考えたんですが、難しいと思います。輸出との利を考えると莫大《ばくだい》な金額が提示されるでしょうし、なによりブラストマイセスで育つ保証がありません」

大辞典に視線を戻す。驚くべきことに、この肉厚な書物に載っている半分以上の薬草がプラーナ帝国の原産だった。

「プラーナ帝国は精霊に愛された土地、ですから。その不思議な加護によってさまざまな薬草が育つそうです」

「本当だね、解説に書いてある。そういう特殊な土地なら、確かにブラストマイセスじゃ育つか分からないね。育ったとしても性質が変わってしまうかもしれないし。遠くだからよく知らなかったけど、すごい国もあるもんだねえ」

プラーナ帝国はブラストマイセスからみてちょうど世界の反対側に位置している。国同士の付き合いはなく、国民の交流もない。謎に包まれた土地である。

「今夜デル様に相談してみます。国交のない国なので、通常の輸入手順と段取りが違うかもしれません」

「分かった。まあ、陛下なら上手《うま》くやってくれるだろうよ」

サルシナさんは頷き、ポケットからジャーキーを取り出して一服を始めた。

その晩、私はさっそく夕食の場で切り出した。

本日のメニューはスイニーのステーキとサラダ、そして潰したトマトと魚介類を煮込んだスープ。デザートにはポピーシードのパウンドケーキが控えている。子育て中って、運動量は減るのにいくらでも食べられちゃうから不思議だ。

「あの、デル様。予防接種ワクチンを製造するにあたってプラーナ帝国のシネルギ草というものが必要になったのですが、輸入できるでしょうか？」

「プラーナ帝国、だと？」

その単語にデル様は反応した。肉を切るナイフとフォークの手を止めて小首をかしげる。

「翌月に外交訪問する予定が入っている。そうであったな？」

脇に控える主侍従に話を振ると、彼は「左様でございます」と頭を下げた。

「えっ。お仕事で行かれるんですか？」

渡りに舟な話に胸が浮き立つ。

「ああ。魔石を輸入したくてな。現状プラーナ帝国とは国交がないから、親善も兼ねて訪問するのが筋だと考えた」

「魔石、ですか。薬草だけじゃなくて、そういうものも採れるんですね」

「精霊に愛された土地だという話はそなたも知っているか？　彼《か》の地には、精霊の頂点たる火の精霊神が棲《す》むという大火山があるらしい。そこから湧き出る石には魔力が宿り、様々な方面に利用されている。精霊神といっても実際に棲んでいるわけではなく、あくまで言い伝えだそうだが」

火山から出る石というと、軽石が思いつくけれど。魔力を含んだ石なんて、この世界に来てから初めて耳にする。

「デル様はどうして魔石が欲しいのですか？　魔力でしたらすでにお持ちでしょう」

素朴な疑問を投げかけると、彼の表情は為政者のそれに移り変わった。形のよい唇から凜《りん》とした低い声が響く。

「持っているからこそ、だ。今のブラストマイセスは人間と魔族が共存しているわけだが、ひとつ大きな壁が存在している。それは魔族は魔力を持ち、人間は持たないということだ」

「はぁ」

当たり前のことを言われたようで、気の抜けた返事をしてしまう。要領を得ない私にデル様は丁寧に説明してくれる。

「これまでは魔力を持たない人間の生活に魔族側が合わせてきた。しかし、当然ながら魔力を使って生活するほうが圧倒的に効率がよいのだ。たとえば火を起こすのも瞬時にできるし、洗濯物の水分を飛ばすのも数秒だ。もちろん魔物の種類によって行使できる魔法は異なるが、それが便利なことに変わりはない」

「人間にはできないことですね。それで問題が起こっているということでしょうか」

彼の言わんとすることがうっすらと摑めてきた。

「そういうことだ。魔法を制限されている魔族からは不満が、魔法が使えない人間からは羨みの声が上がっている。ついには魔法の力を人間に都合よく利用される魔族が出てきてしまった」

「そんな……。悪い人がいるんですね」

共存社会の歪《ひずみ》とでも言うのだろうか。便利な魔法の力を巡って、せっかく築いた友好の礎が脅かされている。同じ人間として、すごく申し訳ない気持ちになった。

「そこで魔石だ」

毅然《きぜん》とした言葉と共に、デル様は真《ま》っ直《す》ぐな眼差《まなざ》しを向ける。

「魔石を使えば人間も魔法に近いことができるようになる。正確には、その恩恵を享受できるようになる。魔石を埋め込んだ暖炉なら瞬く間に火が入るし、物干竿《ものほしざお》に魔石を吊《つ》るせば衣類もよく乾くだろう。そのようにして、魔法を使えずとも同等の生活を送ることができるようになるのだ。両者の暮らしを均一化することができる」

「感覚としては魔術具や魔片具に近いですね」

ブラストマイセスには2種類の魔法道具がある。魔族が魔力を錬成して作る魔術具、そして魔族が自身の身体の一部――鱗《うろこ》や牙などを使って作る魔片具だ。

ただ、魔術具の製作には高度な技術が必要で職人の数は少ない。魔片具は魔族の中で賛否が分かれており、あまり普及していないという現状がある。加えてどちらも稀少《きしょう》な道具なので非常に高価だ。平民だったら一生働いても買えないだろう。

「機能としては大差ないが、それらよりも安価で大量に作ることができる。プラーナでは魔石が掃いて捨てるほど採れるらしいからな」

「軽石ですもんねぇ」

大火山があるのなら、確かに軽石は泉のように湧き出るだろう。デル様は「軽石？」と不思議そうな顔をしたので、この世界に軽石というものはないのかもしれない。

ステーキの付け合わせの野菜を口に放り込む。それを見てデル様も再びナイフで肉を切り始めた。

いつも思うけれど、デル様の所作はとても美しい。しなやかで長い指に握られたナイフも幸せそうに見え、食器冥利に尽きるといった様子だ。

手元に見とれながら咀嚼《そしゃく》していると、本題に戻った彼の声で我に返る。

「そういうわけだから、プラーナに行ったらシネルギ草のことも頼んでこよう。なんなら、そなたも共に行くか？」

「えっ、いいんですか⁉」

思いもよらない提案にげほげほと咳《せき》が出た。必死に野菜を飲み下して前のめりに尋ねる。

「大丈夫か？　ほら、まずはこの水を飲むといい。付いてくることはもちろん構わない。そなたにも仕事があるだろうから誘わなかっただけで、共に過ごせるのならそのほうが嬉しいに決まっている」

デル様は上機嫌で答えた。

なんということだ。行かないわけがない。だって、プラーナ帝国には私の知らない薬草がたくさん生えているのだから！　はるばる世界の反対側にある国に行く機会なんて滅多にないだろうし、ぜひともお供させていただきたい。

「行きます！　うわぁ、今からすごく楽しみです！」

「では、タラも連れて行くか。滞在は1か月を見込んでいるが、往復の移動を含めると倍は留守にすることになる。さすがに両親が不在というのは寂しかろう」

「そうしましょう。……ふふっ。家族旅行ですね。いや、新婚旅行と言ってもいいのかも」

うきうきと声を弾ませると、デル様が不思議そうな声を出す。

「新婚旅行とはなんだ？」

「あっ、ブラストマイセスにはない風習ですね。結婚したばかりの夫婦でする旅行のことなんです。元居た世界では1週間くらい仕事を休んで、ふたりきりでのんびり過ごすんですよ」

「なるほど。よい響きだな、新婚旅行か」

「私たちは少し時間が経っていますけど、子供が産まれてから行く夫婦もいるので、おかしくはないかと」

デル様はぱあっと目を輝かせる。大いに気に入ったようだった。

給仕が食後の飲み物を出して退室していく。それを待っていたかのように、デル様はソファの私の隣に移動して腰を下ろした。

「そなたが一緒ならいっそう仕事が捗《はかど》りそうだ。暇ができたらプラーナを散策してみるのもありだな。……セーナ、ありがとう」

「いっいえ。滅相もないです」

近い。距離が近い。胸の鼓動はあっという間にトップスピードに乗り、声が裏返る。

私なんかに構わないでくつろいだらいいのに。そんな気持ちなど露ほども知らないデル様は、大きな身体を屈《かが》めて私の膝に頭を乗せ、そのままソファの肘かけに足を伸ばした。

「……えっ？」

これはもしかして、膝枕ってやつですか⁇

ぼぼぼっと顔に熱が集まり、ティーカップが手から滑りそうになる。

「あのっ、デル様！　危ないですよ！　私が今紅茶を飲もうとしているの、絶対見えてますよね⁉」

「わたしの顔に茶をこぼさぬよう頑張ってくれ」

ブラストマイセスの至宝ともいえる美しい顔《かんばせ》が、面白そうに私を見上げている。いたずらっ子のような表情を浮かべているけれど、どう見ても立派な大人なのだからたちが悪い。

タラを産んでから、私はどうしても子育てに時間を割かねばならなくなった。それはデル様も承知しているけれど、そのぶんふたりきりになったときのアピールが激しくなった。自分のことを忘れてはいやしないかと、無言の圧《愛情》を感じるのだ。

デル様は私の太ももに顔を摺《す》り寄せるように動かした。いつの間にか瞼《まぶた》は閉じられ、長い漆黒の睫毛《まつげ》が鼻梁《びりょう》に影を落としている。

――結局、麗しの旦那様に勝てたことなんて一度もないのよね。

私はティーカップをテーブルに戻し、そのまま彼の頭の上に手を置いた。絹糸のようになめらかな髪の上を滑らせ、優しく梳《す》くように撫でる。デル様は視線をこちらに向けて、満ち足りたように目を細めた。

「朝と晩しかそなたに会えぬのは辛い。昼間もずっとこうしていたい」

「デル様ったら。寝転んで執務はできませんよ」

「執務はできるが、肝心のそなたがいないだろう。我が妃《きさき》はすっかり忙しくなってしまった」

頬を膨らませる彼が愛らしくて、思わず抱きしめたい気持ちに駆られたけれど、ぐっと我慢する。食事のあとだって、以前のようにゆっくりとはしていられないのだ。

「……そろそろタラを寝かしつける時間です。行ってきますね」

「もうそんな時間か。わたしがやるか？」

「いえ、大丈夫です。私も育児と仕事の両立に慣れていかないと」

デル様が身体を起こしたところで、喉に紅茶を一気に流し込む。じゃあまた後で、と手を振って部屋を後にした。

娘の部屋に向かいながら、ふと気がつく。

「タラにとっても初めての外国よね。……タラのお世話と仕事。うまくやれるかしら」

もちろん乳母にも同行してもらうけれど、ブラストマイセスにいるときと同じように手厚い環境で過ごせるとは限らない。気候はどうなのか、食べ物は合うだろうかと、いろいろなことが気になりだしてくる。

「頑張らなきゃね。世の中の働くお母さんは大変なのよ」

日本でも、そしてブラストマイセスでも。世のお母さんたちは日々骨身を削って子育てをしている。働くというのは会社勤めだけではない。主婦として家を切り盛りすることだって大変な仕事だ。実際に子供を産んでみて、そのことがよくわかった。

私も、そんな強いお母さんになりたい。

「星奈《せいな》！　ファイトよ！」

突然大声を上げたので、すれ違った使用人がびくりと肩を震わせた。

新婚旅行でもあるし、家族旅行でもあるし、初めての子連れ外交でもある。

気合は十分だ。９割のわくわくと１割の不安を胸に抱きながら、出発の日を待った。

4

世界の反対側にあるプラーナ帝国には、空路と海路を経由して向かった。

近隣の友好国まではドラゴンが私たち訪問団を運び、その先の国交のない地域からは船に乗り継いだ。保守的な国は魔族、魔王というだけで忌避感を覚えるようで、そういった国々の上空をドラゴンで通過することはできないからだ。

船で広い海洋を縦断すること２週間。ひんやりとした海上の空気が湿り気を含んだ温暖なものに変わってくると、小さな島が点々と見え始める。数日後にはプラーナ帝国の領海に入ったという報告が上がった。

事前の調べによると、帝国は列島からなっていて、精霊神が棲むという大火山のある島が皇都プンカを擁している。気候は1年を通して温暖で、乾季と雨季が入れ替わりでおとずれる。ちなみに今は乾季だそうだ。

タラは体調を崩すことなく無事に旅路を終えた。毎日甲板から大海原を眺めては絵に描いたり、陽気な船員に遊んでもらったりと、刺激に富んだ日々を過ごしていた。私は船酔いに悩まされたけれど、タラが元気だったのですべてよしだ。

船はゆっくりと皇都の港に接岸する。大勢の国民が出迎えに来ていて、歓声を上げながら手を振ってくれている。温暖な土地ゆえか、ブラストマイセスに比べると大柄で色黒の人が多い。白い歯に屈託のない笑顔は、おおらかな国民性を予感させた。

ようやく到着したという感慨深さとともに、ぴんとした緊張感もどこからか湧いて出てくる。

「さあ降りよう。足元に気をつけるのだぞ」

「ありがとうございます。いよいよですね」

タラを抱えてタラップに出ると、ふわりと甘い花の香りが全身を包み込んだ。

ブラストマイセスでは嗅いだことのない、爽やかだけれどどこかスパイシーな芳香。

空気そのものに複雑な花の香りが染み込んでいて、「ああ、ここは異国なんだな」と実感する。

緑豊かな皇都プンカ。背の高い樹木の緑は濃く、花ははっとするように鮮やかだ。目に入るものすべてが珍しくて気分が高揚する。

待機していた皇帝の使者から歓迎の口上を受けたのち、ラグーという小さな恐竜のような動物が引く獣車《じゅうしゃ》に乗って、私たちは皇城へと移動したのだった。

◇

到着日は休息日になっていて、皇帝とは翌日に面会する運びとなっている。

プラーナ帝国のお城はブラストマイセスのそれと似ていて、必要十分な設備が整っていたから、文明の程度は同じくらいのようだった。

ただし、生活のあちらこちらに魔石が使われていて、道具が動く仕組みは根本から異なっていた。たとえば浴室のバスタブに埋め込まれているのは炎湖の魔石といって、これをタッチすると自動でお湯が張られる。また、居室の壁材に混ぜ込まれているのは定常魔石というもので、これによって室温が快適に保たれるそう。

女官長の説明を聞きながら、私は感動しきりだった。これは確かに魔法のように便利だから、デル様が所望するのも大いに頷ける。

まずはタラの部屋、そしてデル様との寝室、最後に自分の居室を整え動き回っていたら、あっという間に夜になった。

久しぶりに揺れない部屋で熟睡できた私は、気合十分に明くる朝を迎えていた。まぶしい日光が窓から差し込み、気分はすっきりとして晴れやかだ。

「おはようメアリ。タラは元気ね？」

「はい。朝食をすべてお召し上がりになり、今は積み木に精を出しておられます」

「帝国の食事を受け付けてくれて一安心だわ。ありがとう。じゃあ、戻るまで世話を頼むわね」

「お任せくださいませ」

乳母からの報告を終え、私は変身タイムに入る。

「プラーナの皇帝陛下って、どんなお人柄なんですの？」

接見用のドレスを着つけながら、侍女兼護衛として同行しているロシナアムが口を開く。

「それが、あまり情報がなかったのよ。なにしろ遠い国のことだし、プラーナは大国っていうわけでもないからね」

「そうなのですね。久しぶりの外交ですから、腕が鳴りますわ」

帝国の国旗色でもある緑と赤で配色されたドレス。ぱりっとして格好いいのだけれど、私が着ると幼いカナリヤのように見える。

「小国ながら侵略されることがなかったのは、薬草とか魔石の貿易がうまくいっているからみたい。ほら、精霊に愛された土地っていう言い伝えがあるでしょう？　侵略者も、へたに手を出して精霊の怒りに触れて、そういうものが産出されなくなることを恐れたんじゃないかしら」

「それは考えられますわね。君主の方々って、意外とそういう信仰を気にされる方が多いように思いますわ」

験を担いだり、神に祈ったり。支配者階級の人間ほど、平民よりも人間味のある思想を持っているのかもしれない。

鏡越しに見えるロシナアムは、ずらりと並んだ宝飾品から銀の髪飾りを選び取り、迷いのない手で私の頭にさし込んだ。

肩下まであった髪は、タラを産んでからは思い切ってボブにした。洗うのも乾かすのも楽でいい。ただし結い上げることができなくなったので、王妃業をするときは大ぶりの髪飾りをつけてそれらしくするのが常になった。

「お支度が終わりました。陛下はすでにお待ちのようですので、参りましょう」

廊下で姿勢よく待っていたデル様も正装だ。帝国の火山を思わせる唐紅を基調として、金色の刺繍《ししゅう》がたっぷりと施された力強いデザイン。腰まで伸びる艶やかな髪に、頭上に燦然《さんぜん》と輝く2つの角。世界で一番麗しい私の魔王様だ。

「完璧だわ……」

お酒は強いほうだけれど、酔ったような心地になる。ぽろりとこぼれ出た言葉に、デル様はにこりと微笑《ほほえ》んだ。

「そなたも美しいぞ。そのようなドレスは普段目にしないから新鮮だ」

気配りのできるデル様は、私を褒めることも忘れない。

「ありがとうございます。でも、派手な鳥みたいじゃないですか？」

「そうか？　わたしにはこの世でもっとも愛らしい女性にしか見えないが」

突然放たれた甘い言葉に、無防備な私の心臓は撃ち抜かれた。盛大な恥ずかしさに加えて、ロシナアムら侍従たちのにやにやとした視線が居たたまれない。

謁見の間に到着するまでに、この全身の熱は冷めるだろうか。

そんなことを考えながら、エスコートしてくれるデル様の腕を取った。

5

プラーナ帝国皇帝。その名はペドロ・ボナパルト・シャルル。俗にペドロ3世と呼ばれ、御年45歳。在位は実に30年に及ぶ。

若くして即位し国を舵取《かじと》りしてきたのだから、威厳に満ちあふれた英明闊達《えいめいかったつ》なお方なのだろうと思っていた。

ところが謁見の間で見《まみ》えたのは、予想していた姿とは少々異なる人物だった。

「遠路はるばるご苦労。これはなんと、魔王とは聞きしに勝る色男だな。まあ、かけたまえ」

皇帝は小柄で丸々と太っていた。頭はきれいに禿《は》げ上《あ》がっているが、口髭《くちひげ》はたっぷりと蓄えられている。マスコットキャラクターのような可愛《かわい》らしさがあった。

隣にはすらりとした女性――皇妃のヤスミン様が控えている。上等な布を巻きつけたような伝統衣装を着こなし、頭には真っ赤な生花と金細工を組み合わせたきらびやかなヘッドドレスをつけている。

絢爛《けんらん》な絨毯の両脇に、歴代の皇帝の胸像が並ぶ謁見の間。お互いに形式的な礼を交わして、クッションが張られた貴賓椅子に腰を下ろす。

「それで、そちらは魔石が欲しいのだな？」

なんとも直球な問いかけだった。世間話で空気を和ませるということもなく、皇帝はいきなり本題に切り込んだ。

外交も百戦錬磨なデル様だけど、さすがに困惑の色を浮かべている。

「……貴殿のおっしゃる通りだ。此度《こたび》は両国の友好を結び、各産業の輸出入の相談をするために訪問と相成った」

「儂《わし》と友人関係になりたい、と」

あなたとではなく国とだけど——。という言葉はぐっと飲み込んだ。

皇妃様は特に口を差し挟むことなくにこにこしている。

「では、儂がそちを友人と認めたなら、魔石の輸出許可を与えよう」

「貴殿と友人に？」

「左様。我が帝国の魔石と薬草は唯一無二。十分に潤っておる。金銭などにもはや価値を感じておらんのだ。そちらにしか提供できないものを差し出してほしい」

玉座にふんぞりかえる皇帝は、今やガキ大将のようにも見えた。第一印象でマスコットキャラクターのようで可愛い、などと思ったのは間違いだったと気がつく。

鈍感だと言われがちな私でもわかる。この皇帝はかなりの食わせ者だ。

「……貴殿の趣意は理解した。それが帝国の条件ならば、わたしは努力するのみだ」

「デルマティティディス陛下は物分かりがよいな。それでこそ魔王だ」

ぽんと膝を打つ皇帝。謎のお墨付きを与えられたデル様は苦笑いしていた。

「それで、貴殿にもうひとつ相談がある」

デル様はシネルギ草の件を切り出した。

「ブラストマイセス王国が医療国家だということはご存じだろうか。我が妃セーナが主導して様々な薬や技術を開発しているのだが、その一環で貴国のシネルギ草が必要になった。そちらの輸出もぜひ検討いただきたい」

「……ふむ」

短く唸り、皇帝は口髭をなぶった。

「王妃殿は医療に明るいのかね？」

皇帝の視線が初めて自分に向けられたので、背筋を伸ばして声を張る。

「はっ、はい。私はもともと薬師をしておりまして、王妃となってからも医療の仕事を続けております」

「薬師、か……」

玉座から身を乗り出す皇帝。人畜無害そうな外見と反して、探るような視線はねっとりと私の身体に絡みつく。

品定めされている。――そう感じた。

「ペドロ3世よ。我が妃は美しいが、あまり細見しないでいただきたい。このような場には不慣れなので、なにか失礼をしていたならわたしから謝罪しよう」

デル様が牽制《けんせい》ともとれる助け舟を出してくれたので、皇帝はつまらなそうにふんと鼻を鳴らし、再び玉座に背をつけた。

「シネルギ草か。輸出してもよいが、条件がある。もちろん金ではない」

「どういったものでしょうか」

まさか私も友達に？　身構えたものの、彼が口にした内容は想像の斜め上をいく意外なものだった。

「我が皇家には死の呪いがかけられている。そちにはそれを解明してもらいたい」

「『呪い？』」

瞠目《どうもく》した私とデル様の声が重なる。

思わず顔を見合わせ、どこか暗い影の差す表情の皇帝と皇妃様を見つめたのだった。

6

プラーナ帝国の皇族男子が命を落とすようになったのは、遡ることおよそ100年前からだった。幼少期に亡くなるケースがほとんどで、仮に成長できても成人前にはやはり死んでしまう。運よく生き残った先祖の末流が現皇帝というわけだ。

ペドロ3世は男児4名、女児1名を妃らとの間にもうけたが、うち男児2名を幼少期のうちに亡くしたという。

「男児ばかりが次々と死ぬなど、もはや呪いとしか思えぬ。この悪縁は儂の世代で終わりにしたい」

皇帝は吐き捨てるように言った。皇妃様は何かを思い出したのか、そっと目元を押さえている。

「当然、調査はなさったんですよね」

「もちろん。だが、原因は解明できなかった」

忌々しげな表情で彼は続ける。

「魔石や薬草の力が失われたわけではないから、精霊神の怒りに触れたわけではないのだろう。だからますます分からんのだ。なにゆえ皇家の男児は罰を受けなければならないのかと」

奇妙な話だと思った。なにかの病気なのか、あるいは環境によるものなのか。それともまったく別の要素が関係しているのか——。

私は純粋に興味を惹《ひ》かれた。シネルギ草を手に入れるためという理由もあるけれど、研究者の性《さが》なのか、この不可思議な謎を解き明かしてみたいと思った。

「……承知しました。皇家の呪いを調査いたしましょう」

「セーナ」

ほんとうにいいのか、という面持ちでデル様がこちらを見た。私は首を縦に振る。

「人の生死がかかった問題ですから、黙って見ていることはできません。力が及ぶかわかりませんが、やってみます」

「ううっ……」

震え声を漏らしたのは皇妃様だった。彼女は口元を震わせて何か言おうとしたけれど、ひどく苦しそうに顔を歪《ゆが》め、やがて唇を引き結んだ。

「ヤスミンよ。気分を悪くしたのか？　自室に戻って休みたまえ」

ハンカチで口元を押さえる皇妃様を皇帝が気遣うも、彼女はかぶりを振った。

皇帝には2人のお妃様がいると聞いているけれど、子供を亡くしたのはこのヤスミン様なのかしら、と思った。

「――では王妃殿よ、頼みましたぞ」

皇帝がやや早口に改まった声を出す。

「異国の妃がひとりで調査というのは非効率的だ。協力者を用意する」

傍らの近衛《このえ》に指示を出すと、ほどなくして謁見の間の扉が開いた。入ってきたのは背の高い眼鏡の男性と、好奇心に目を輝かせた女性だった。

2人は迷いなく中央へ進み、皇帝の左右に並んだ。

「紹介しよう。皇太子のヘンドリックと皇女のアイーダだ」

2人は手のひらを上に向けて軽く膝を折り、帝国式の礼を取る。姿勢を戻して簡単な自己紹介を述べた。

「お初にお目にかかります。デルマティティディス陛下、王妃殿下。皇太子のヘンドリックと申します」

「お会いできて光栄だ、魔王陛下、セーナ殿下。わたしの名はアイーダ。我が帝国へようこそ」

ヘンドリック様は22歳、アイーダ様は17歳だと言った。

2人から受ける印象はまるで真逆だった。冷静沈着で淡白そうなヘンドリック様に対して、アイーダ様はきびきびとして英気にあふれている。実際、それは外見にも表れていて、ヘンドリック様はひょろりとした長身に猫背で学者のようであるし、アイーダ様は弾《はじ》けるように健康的な肌艶で、オリーブ色の軍服がよく似合っていた。

「彼らと共に呪いの解明を。さもなくば、シネルギ草を輸出することはできぬ」

「お引き受けいたします。両殿下、どうぞよろしくお願いいたします」

アイーダ様は「ああ、よろしく頼む！」と爽やかに笑ったけれど、ヘンドリック様はやる気がなさそうにふいと横を向いた。妹に小突かれても、くいと眼鏡を上げるだけで素知らぬ顔をしている。

これは……。もしかしたら、一筋縄ではいかないかもしれないわね。

心の中で苦笑いをしながら、膝の上に置いた両手をぐっと握る。

皇家の謎を解き、ブラストマイセスの民のためにシネルギ草を持ち帰る。——帝国での仕事は、思ったより大きなものになりそうだ。

挿話　不老不死と魔王の子

魔族を統べる王、すなわち魔王。そして冥界から復活した不老不死の人間。

世界の長き歴史の中においてもこのような夫婦の例はなく、子が産まれるということもまた、当然ながら前例のないことであった。

タラ・レイ・ゾティア・ブラストマイセスは、この世に産み落とされた瞬間から唯一無二の存在となった。

タラの自我が芽生えたのは、同年代のそれよりかなり早い。

意識を持ったあと、まずは桃色の紗《しゃ》がかけられた天井に気がつき、誰かが自分を覗《のぞ》き込んでは笑っていることを不思議に思った。やがて左右に伸びる5本の出っ張りがついたもの——つまり手を認識し、それは自分の下のほうにも2本生えていることに気がついた。ああ、自分はこれを動かすことができるのだな、と本能的に理解した。

「こんなにおりこうな赤ちゃん初めてよ！」

「ほんとうね！　まだ0歳なのに、うちの旦那よりよっぽど言うことが通じるわ」

乳母たちは、青い髪に鳶色の瞳を持った愛らしい赤ん坊を心から可愛がった。

数時間おきに与えられる白いものはお乳といい、満腹になると眠たくなる。お腹がむずむずしてしばらくすると、汚れた服を取り替えてくれる。「父さま」と「母さま」は忙しそうだけれどいつも優しく頭を撫でてくれるし、ずっと側《そば》にいる「カーラさん」と「メアリさん」はお世話をして遊んでくれる。

聡明《そうめい》なタラはあっという間に多くの物事を吸収していった。

「タラ様、おしめを取り替えますね。……なあカーラさん、聞いてくれねえか。うちの旦那ば、義理のお父ちゃんの介護をあたしにやれっちゅうのよ」

「ええっ⁉ でもメアリさんの旦那って、ほっつき歩いてて働いてないんだべな？ 自分でやればいいでねえの」

「んだべよ。やりたくない面倒なことはぜ～んぶこっちに押し付けるんだから。勘弁してほしいだよ。あたしだって仕事があんのによ」

乳母のカーラとメアリは共に田舎の男爵家出身だった。乳母の採用条件は『乳が出る、気立ての良い貴族女性』だけ。王妃の意向もあって、これまで日の目を見なかった僻地《へきち》領から積極的に採用されていた。

いちおう標準語も話せるが、田舎から出てきたばかりの彼女たちにとっては、やはり故郷の言葉が最も馴染《なじ》む。

「男爵家つっても、田舎だでなぁ。あたしらお城に雇ってもらえてラッキーだべな」

「んだんだ。たっくさん稼いで、子供にいいもん食わせてやらねえとな」

貴族の中でも男爵は最下級。加えて田舎の領地ともなれば、暮らしぶりはほとんど平民と変わらない。

おしゃべり好きな乳母たちは、互いの故郷の言葉で話に花を咲かせていた。

――その結果。賢く生まれついたタラは、標準語よりもそちらの言葉をよく覚えてしまったのである。

(ああっ、いけねえ！　またうんちを漏らしちまっただ！　カーラさん、ごめんよぉ)

「いっぱい出るのは健康な印ですよ。おりこうさんですね。……おーいメアリさん、替えのおしめ持って来てくれねえか？」

(親指って、なしてこんなに美味いんだっぺか？　お乳よりうめえぞ)

「タラ様。指をしゃぶるのはお行儀がよくありません。抜かせていただきますよ。……そういや、おらの子供もよくしゃぶっていたなぁ。懐かしいだ」

(お行儀が悪いんか。知らなかったで、勘弁してけろ)

1歳を過ぎるころには、完全に脳内で会話が成立するようになっていた。

知能的な発達は目ざましかった一方で、肉体的な発達は緩やかだった。知能面の発達が本来の年齢の2倍であるとすれば、肉体的なそれは半分以下だった。1歳半になっても歩くことはできず、床を這《は》って移動していた。

(おらは、普通の赤ん坊じゃないんだべか)

母親であるセーナと乳母、そして確かお医者さんだという眼鏡の男性が自分の発育について話し合う場面を見かけるようになったことで、タラの中に、『自分は普通ではないのかもしれない』という気持ちが芽生えた。どこかおかしいのだとしたら、もしかして捨てられてしまうのではないかと不安になった。

緊張した日々を送っていたが、みんなの態度が変わることはなく、どうやら見放されないようだとわかって大いに安堵《あんど》した。セーナの背中におぶわれて一緒に仕事に連れて行ってもらえるようになり、タラはとても嬉しかった。

ところが、そこでタラはとある発見をした。

セーナが診察する患者に、黒いモヤが見えるのである。

もう少し具体的に言うと、喉の痛みを訴える患者の首には黒いモヤがあり、また、腹痛を訴える患者だと、臍《へそ》のあたりに黒いモヤが見えたのである。

(これはなんだっぺか？　母さまやカーラさんにはそんなもの見えねえだ)

黒いモヤは、湿気《しっけ》た寒い朝にかかる霧に似ていた。薄く透けて身体が見えることもあれば、どす黒く広がっていて、身体に穴が空いたように見えることもあった。

別の日に、違う病院に行ったときにも、同じように見えた。

けれども、セーナを始めとして誰もモヤについて触れない。痛みはいつからだとか、どう痛むとか、ここを押すとどうだとか。詳しく話を聞く割にモヤのことはまるで見えていないかのように話に出てこない。

タラは気がついた。

（ああ。ほんとうに見えてねえんだ、こら）

彼女はこの不思議な現象について頭を絞り、やがてひとつの結論に行きついた。

自分にしか見えない黒いモヤは、その人が抱えている病気の場所を表している。モヤの濃さは病気の重さと関係していて、薄ければすぐに治るし濃いと重いようだということを。

（こらぁ早く母さまに教えねえと！　お仕事の役に立てるかもしれねえぞ）

けれども待てよ。とタラは考え直す。

普通の人には見えないものが自分には見えている。それを知ったら、また困らせてしまうのではないだろうか。発育がどうとか成長がどうとか、騒ぎになってしまわないだろうか。

（このあいだは捨てられなかったけど、今度は捨てられちまうかもしれねえだ）

大きな悲しみがタラの胸に広がった。意思に反して身体がぶるぶると震えだす。たまらず大声で泣き出すと、慌てて乳母が駆け付けた。

「どうしただタラ様。お腹が空いたべか？　それともご機嫌ななめだか？　よーしよし」

手のかからないタラが突然号泣し始めたので、動転した乳母は思わず故郷の言葉で呼びかけた。

タラは考える。抱っこで自分を揺らすメアリだって、どうやら自分に介護を押し付けた旦那を「捨てた」と先日カーラに話していた。こんなに優しい乳母だって人を捨てるんだから、自分も今度こそ見放されてしまうかもしれない。

(おらはここに居たいだ! 母さまも父さまも、乳母さんたちも、みんな大好きだ! よそにやらないでくれ!)

わあわあと泣きながらタラは決めた。モヤが見えることは絶対に黙っておこうと。

乳母もセーナも混乱するほど取り乱したタラだったが、翌日には、

(そういやおら、まだ喋《しゃべ》れないんだった。言いたくても言えねえや。心配するだけ無駄だったな)

と気がつき、ケロリとした顔で積み木を始めたものだから、夜通し世話をした周囲は膝から崩れ落ちたのだった。

やがてタラは2歳を迎えた。日々たくさんのことを学びながら、すくすくと育っている。

いまだに歩けないし、会話もできない。こんなに難しいことを平気でやってのけるん

だから、大人とはなんてすごいんだろうと思っている。

けれども、今のタラにはクレヨンと画用紙があった。言葉では伝えられなくても、絵に描けば不思議と気持ちは伝わった。それがたまらなく嬉しくて、2歳の誕生日にそれらを貰ってから、毎日毎日夢中で画用紙を繰っている。

タラの世界は、両親と乳母、見慣れた自分の部屋、そしてときどき着いて行く病院だ。だから、乳母たちの世間話から、両親が遠い国へ仕事に行くらしいと知ったときには、

(そんじゃ、おらはお留守番か？　つまらねえなあ)

と寂しく思った。しかし自分も連れて行ってもらえることがわかると、溶けてしまいそうなくらい温かい気持ちが全身に広がった。

「私たちは家族だもの。長い間タラをひとりにはしたくないわ」

「そなたを置いていくと、心配で仕事が手に付かぬかもしれない。家族皆で行こう」

「わたくしたちも同行させていただきますね。あちらでもたくさん遊びましょう」

両親と乳母の言葉に、タラは泣きそうになった。

(家族、っていい響きだんべな)

自分がその輪の中にいたいと思っていた、失いたくない大切なもの。その名前を知って、タラは思わず身震いをした。

「あらあら。タラってば涙を浮かべて震えているわ。寒いの？　ねえカーラ、毛布を追

加したほうがいいかしら」

「室温は適切かと存じますが、乾燥して涙が出ているのでしょうか。薄手の毛布と加湿用の水盆を持ってまいります」

「毛布が届くまで、わたしが抱っこで暖めていよう」

（母さまに父さま、カーラさん、メアリさん。ありがとうなぁ。おら、早く大きくなって、みんなの役に立ちたいだ）

その日から、『家族』はタラのとっておきの宝物になったのだった。

第二章　皇家の呪い

1

「あの覇気！　魔王陛下はいかにもお強そうだったなあ。強大な魔法に加えて、天下一の剣士だという名声はここまで届いているんだ。ぜひ一度稽古をつけていただきたいなあ」

はつらつとした声の主は、隣を歩くアイーダ様だ。

肩より上で短く整えられた茶色の髪は、頭の横だけ一筋赤く染められている。会話してみると第一印象の通り竹を割ったような性格で、皇女ながら軍に籍を置いているらしい。

私より小柄だけれど、朗らかな人となりが彼女を背丈以上に大きく感じさせる。

「ふふっ。伝えておくわね」

アイーダ様は目を輝かせて「本当か⁉　かたじけない！」と喜んだ。素直でとても可愛らしいお方だ。

デル様と皇帝は謁見の間でまだ話をするらしく、私とアイーダ様、そしてヘンドリック様だけ先に退席していた。

2人と距離を縮めたくてあれこれ話し掛けているところなのだけれど、明るくさっぱりとしたアイーダ様はともかく、今のところヘンドリック様からの応答はない。数歩後ろを無言で着いてきている。

快活なトーンのままアイーダ様は続ける。

「それに、愛妻家というお噂もどうやら本当みたいだ。王妃殿下を見つめる熱目線は、見ているほうが恥ずかしくなるくらいだったよ」

「えっ!? ご、ごめんなさい。気がつかなかったわ。不快だったかしら?」

「いいや。むしろ、こちらまで幸せな気持ちをお裾分けしていただいたよ。夫婦仲がよろしいんだな」

涼しげに笑う彼女に他意はなさそうだった。

けれど、ずっと年下の彼女にそう言われてしまうなんて、いったいデル様はどんな目で見ていたというのだろう。久しぶりの外交の場だったから、緊張し通しでちっともわからなかった。

「アイーダ様も年頃でしょう。ご婚約者様はいらっしゃるの?」

彼女自身の話を尋ねてみると、アイーダ様はちらりと後方に目をやった。

「実は、ヘンドリック兄上はわたしの婚約者でもあるんだ」

「そうなの！　お兄様と結婚するのね」

私の驚いた顔を見て、彼女は丸く大きな目を細めた。

「……やはり珍しいんだろうか。この国の皇族は、伝統的に親戚と結婚させられるんだ。ご存じかどうか分からないが、兄上とは母親が違うから半分しか血は繋《つな》がっていない。異母兄妹《きょうだい》ということになるかな」

「ブラストマイセスにはない風習だけど、そういう国も多いと聞くわ。兄妹なら気心も知れているだろうし、まったく馴染みのないお家《うち》に嫁ぐよりよほど安心できるわね」

「……そうだな。今、父上の気まぐれで見ず知らずの男性に娶《めと》られることを想像したら、背筋がぞわっとしたよ」

「アイーダ様は想像力が豊かかね」

女同士で話に花を咲かせていると、話題が落ち着いたところでアイーダ様は下を向き、もじもじと両手指を揉《も》み始めた。

「あら。どうかしたの？」

「あのう、王妃殿下」

アイーダ様はよく日に焼けた顔をほんのり赤らめる。

「もしよかったら、お名前で呼んでもよろしいだろうか。わたしには女きょうだいがいないので、滞在中だけでも親しくさせていただけたら嬉しいのだけど……」

「えっ⁉」

驚いて思わずのけ反ると、彼女は顔色を悪くした。

「ああっ、申し訳ない。大国の王妃殿下に大変失礼なことを。今のは忘れてほしい」

「いえ、違うのよ。そうではなくて」

可愛らしい申し出にきゅんと胸がときめく。私は一瞬でアイーダ様の虜《とりこ》になってしまった。

「もちろんいいわ、と言いたかったの！　私は末っ子だから、あなたのような妹がいたら楽しそうね。滞在中だけなんて言わないで、ずっと仲良くしましょう」

「あっ、ありがとう、セーナ様！　わたしのことは、どうかアイーダと」

「ふふっ。よろしくね、アイーダ」

アイーダの屈託のない笑顔をみて、どこか気詰まりしていた感覚が和らいでいく。

ブラストマイセスにもお友達――サルシナさんとかライは居るけれど、どうしても立場の差を感じてしまうことがあるし。他国の皇族という、ある意味同じような境遇の友達ができたことはとても嬉しかった。

回廊を突きあたり、ではここでお別れねというとき。ずっと沈黙していたヘンドリック様が初めて口を開いた。

「王妃殿下」

やや高めだけれど、落ち着いた声。はっとして彼を見る。

ぶ厚い眼鏡の奥の瞳は、落ちくぼんで見えた。

「僕は、呪いの解明などどうでもいいんです。調査は妹と進めていただけますか」

「ちょっと兄上。そういうわけにはいかないだろう。他人事《ひとごと》ではないんだから」

アイーダが宥《なだ》めるけれど、ヘンドリック様は表情ひとつ変えない。絶対に協力なんてするものかという、静かながら強い意志を感じる。

「どのみち僕も死ぬんだ。原因なんてどうだっていい」

投げやりに言い捨てた。

どうせ解決なんてできやしない。やるだけ無駄だ。彼の光のない目はそう語っていた。

「ヘンドリック様。そうおっしゃいますが、呪いが解明できればご自分の命を救うことになるかもしれません。全力で取り組みますから、お力を貸していただけないでしょうか？」

彼自身も呪われた皇族男子だ。この件が気にならないわけがないのに、彼は戦う前から見切りをつけてしまっている。

「帝国滞在は1か月ありますから、きっと手掛かりを見つけます」

そう言うと、彼は軽蔑したように口角を上げた。

「1か月、ですか。王妃殿下、あなたはいいですよね。明日も必ず……1か月後も必ず生きているという保証があるんですから。知っていますよ、不老不死なんでしょう？」

「兄上！」

アイーダが鋭い声を出したが、ヘンドリック様は逆にスイッチが入ってしまったように早口になる。

「不老不死のあなたに、いつ訪れるかも分からない死の恐怖など理解できないでしょうね。明日の朝に目を覚ませるかどうかだって、僕には保証がない。毎晩毎晩、今日が最後かもしれないと思って目を閉じるんです。そんなことを22年も繰り返しているんですから、希望なんてとうに失っていますよ」

彼は最後に、ハッと大きな声を出して嘲笑した。

「やるだけ無駄ですよ。これまで何人もの学者が調べてるんですから。シネルギ草ですか？　あんなものが欲しければ、僕が皇帝になったらタダで差し上げますよ。まあ、そのときまで生きていたらの話ですけどね。じゃあ、これで僕は失礼します」

彼は細く長い脚でくるりと方向転換し、ぎこちない早歩きで去っていく。２つ目の角で曲がり、後ろ姿はあっという間に見えなくなってしまった。

２

世界の南の果てにあるプラーナ帝国は年中温暖で、短袖で過ごせる気候が続く。プラストマイセスは冬だけれど、旅行鞄《かばん》に詰め込んで持ってきたのはどれも夏用の衣類だ。

滞在している居室のバルコニーからは美しい庭園を望むことができる。赤や黄色といった鮮やかな原色系の花が咲き誇り、葉は濃い緑色をしている。ブラストマイセスより大ぶりな植物たちはさすが熱帯というところ。

のびのびと陽の光を受けるそれらは、かっちりと剪定《せんてい》されているのではなく、ありのままの自然がそのまま様式美としてうまく整えられている。帝国は精霊神がもたらす自然を尊んでいるのだということが、こういう小さなところからも伝わってくる。

「綺麗《きれい》ねえ、タラ。ブラストマイセスには、あんなに大きな花は咲かないわね」

「あいやい」

齢《よわい》2歳のタラにも物珍しく映っているようだ。娘は異国に来たということをきちんと理解していて、最初の日こそ戸惑いが見られたものの、3日目にもなると興味津々であちこちをハイハイして探検している。

よいしょとタラを抱き直し、振り返って時計を確認する。約束の時間まであと10分だ。

と、ドアの向こうから廊下に控える護衛の声が上がった。

「王妃殿下。アイーダ皇女殿下がいらっしゃいました」

「お通ししてください」

約束の時刻より早めにやって来たアイーダは、部屋に入るなりがばっと頭を下げた。

「セーナ様！　昨日は兄上が大変失礼なことをした。きちんと謝罪ができないままになってしまって申し訳ない」

「気にしないで。ヘンドリック様がおっしゃっていたことは、間違いではなかったもの」

昨日、言うだけ言って去ったヘンドリック様をアイーダは追いかけていき、なんとなく気まずい別れ方になっていた。そのことを謝罪したいという申し出があり、別に大丈夫だと伝えたのだけれど、義理堅いアイーダはこうしてやってきたというわけだ。

「でも、ヘンドリック様には、いろいろ事情がありそうね」

彼女に椅子を勧め、乳母のメアリにタラを預けて自分も腰を下ろす。

アイーダはうなだれた。

「そうなんだ。ご自分も短命の皇族男子だから、わたしには分からない苦しみを抱えて生きてきたのだと思う。だけど、健康しか取り柄のない人間に根掘り葉掘り聞かれたくないだろうと思ったから、深く話をしたことはないんだ」

妹であり、同時に婚約者であるアイーダにさえ、ヘンドリック様は心の内を明かしていない。……彼には本音を言えるような関係の人はいるのだろうか。

「そういうことで、重ね重ね申し訳ないけれど、兄上の協力は難しいかもしれない。もちろん父上に状況は報告するけれど、あまり期待はできないと思う。そのぶんわたしが精いっぱい務めるから、どうかご容赦いただけないだろうか」

アイーダは心が痛むような作り笑いを浮かべた。

テーブルセットの向こうでは、メアリとタラがキャッキャッと盛り上がっている。お人形ごっこをしているのが傍目《はため》に見えた。

「……わかったわ。ヘンドリック様に無理強いはしたくないし、ひとまず私たちで調査を始めましょう」

その言葉に、アイーダはほっとしたように息をついた。

「寛大なお心に感謝する。それで、方法についてちょっと考えてみたんだ。父上が、この件は過去にも調べていると言っていただろう？　まずはその人物に話を聞いてみてはどうかと思ったんだ」

「それはいい考えね！　どなたが担当していたか知っている？」

「ああ。担当者を替えて何回か調べているけれど、会うのは直近で担当した者だけで十分だろう。彼がそれらを集約した情報を持っているはずだから」

彼女は浮き立つような表情を浮かべた。

「名をエルネストという。軍属救護院で医官として勤めている者だ」

「お医者さんというわけね」

「ああ。面会の日取りを決めよう。さっそくだが、明日か明後日の予定はいかがだろうか」

「どちらでも大丈夫よ。これが今の私の仕事だから」

「セーナ様は熱心だな。わたしもその姿勢を見習わなければ」

アイーダは相好を崩し、付き従っている近衛に声をかける。

「エルネスト医官は明日どこで勤務だ？　皇城だっただろうか？」

「今週はシヴァ山麓の救護院でございます」

「では、予定を変更して10時に登城するように伝えてくれ」

てきぱきと指示を出すアイーダだって、年のわりにすごくしっかりとしていると思うけれど。ハキハキしていて気持ちがいいし、軍服もよく似合っていて格好いい。

微笑ましくやりとりを眺めていると、はたと気がついた。

「ねえアイーダ。エルネスト医官は軍の救護院にお勤めだと言ったわね？」

「ああ。何か気になることが？」

「もしできたらでいいんだけど、救護院を見学することってできるかしら。お城に来てもらうのではなくて、私たちが会いに行くっていう形で」

「それはもちろん可能だが。……ああ！　セーナ様は薬師だから、救護院が気になるんだな？」

合点《がてん》がいったという表情をする。正解だ。

「ありがとう。この国の医療に興味があるの。お仕事の邪魔はしないから安心して」

職業柄気になるということもあるし、帝国の医療事情を知ることは調査の上でも有益だ。死の呪いがどういうものであれ、それを救命できるかできないかということは、医療のレベルと直結しているからだ。

「あと、もうひとつお願いがあって。タラを連れて行っても大丈夫かしら？　医療現場に行くときは、なるべく連れて行くようにしているの」

「タラ姫を？」

アイーダは鳩《はと》が豆鉄砲を食ったような表情をして、向こうで遊んでいるタラに目をやる。偶然にも、タラはお人形の胸に何かを当てる仕草をしながら「ちもちも～？」と呼び掛けていて、お医者さんごっこをしているところだった。

「授乳が必要だったから、っていうのもあるけど。なんて言うのかな、広く世界を知ってほしいなと思っているの。お城で何不自由なく平和な生活を送るのではなくて、正反対の世界もあるんだよっていうことも見てほしくて」

もちろんタラに疾病がうつっては困るから、すべての現場に連れて行けたわけではないし、臣下からは反対意見も出たけれど。私は譲らなかった。

丁寧に石ころが取り除かれ、決して躓《つまず》くことのない道をタラに歩んでほしくなかった。美しい景色だけを眺め、充足していることが当然と思ってほしくなかった。

生が輝く明るい世界も、命がついえる残酷な世界も。どちらも正しく知ったうえで、自分の足で立つことができるひとに育ってほしかったのだ。

「セーナ様とタラ姫はお強いのだな」

アイーダは感心したように目を見張る。

「シヴァ山麓の救護院は主に怪我《けが》を扱うところだから、タラ姫が行っても大丈夫だ。先方にも言付けておこう」

「ありがとう。楽しみだわ」

調査の方向性が決まったので、どこか張り詰めていた場の空気が和やかなものになる。

ブラストマイセスから持ってきたお菓子をアイーダに勧めていると、大事なお話の終了を察したタラが足元にやってきた。

「おや。タラ姫も菓子をご所望のようだ」

「じゃあ、母さまのをちょっとだけあげるわ。お砂糖が多いから、これだけよ」

「あぶぅ！　え〜よっ。んだっ」

タラのどこかおじさん臭い返事にアイーダが笑い声を上げる。

「姫は達観しておられるようだ。ああ、鳶色の目がくりくりして。ほんとうに愛らしい」

一緒に遊んでも？　と言ってくれたので、もちろんと答える。

幼い弟がいるアイーダは子供の相手が巧みだった。たっぷり遊んでもらったタラは半分寝ながら昼食を取り、そしてあっという間に幸福な夢の中へ落ちていったのだった。

3

エルネスト医官がいる軍属救護院は、お城から1時間半ほど行った大火山――シヴァ山のふもとにあった。周辺には軍の演習場もあると言い、精霊神に近い大自然の中に建つ救護院は保養所も兼ねているそう。

ちなみに本日デル様は皇帝と出かけている。郊外の別の山に行くそうで、皇帝の趣味に付き合うと言っていた。いわゆる接待というやつだ。

「到着だ。酔って気分は悪くなっていないだろうか？」

すぐ横をゆくアイーダが、私とタラが乗っている輿《こし》を見上げた。

帝国の一般的な移動手段であるラグーの獣車では道中のジャングルを抜けられないからと、今日はガジャという象に似た動物の背に輿をつけてやって来た。速度が出ない代わりに悪路でも安定した移動ができるのが特徴で、実際乗り心地はとてもよかった。

問題ない、と頷くとアイーダは安心した顔をみせる。

タラを抱えて輿を降りると、足裏にふかっとした芝生の感触があり、青っぽい匂いに包まれる。眼前に迫る火山は岩肌が露出しているけれど、ふもと一帯は緑豊かだ。

「おんぶにするわね」

　仕事中は背中がタラの居場所になる。本人もそれを理解していて、ぐずることはせず大人しくしてくれる。

　なだらかな丘陵地帯。木造平屋の建物がぽつぽつと点在し、軍服の人間がきびきびと歩き回っている。

　アイーダの案内で、敷地《しきち》を横切るように進んでいく。

「ずいぶん慣れているのね。ここで働いていたこともあったの？」

「ああ。ここは本土の軍事拠点だから、新人の訓練なんかもやるんだ。わたしの所属は看護部隊なのだけど、有事の時はこの救護院で活動する。今も要請があればすぐに出動できるように、日々の訓練は欠かしていない」

　彼女は今日も軍服を身に着けている。若いオリーブのような色のそれは、彼女の魅力をよく引き立たせていた。ロシナアムにも言えることだけれど、戦う女子というのはひときわ眩《まぶ》しく映る。

「プラーナ帝国は、どこかと戦争しているわけではないわよね？」

「他国とやりあうことはまずないんだが、たまに内紛が起こるんだ。ほら、我が国は17の島々からなるだろう？　意見の相違ってやつでたまに揉めるんだ」

「それで軍隊による制圧が必要になることがあるのね」

奥まった位置まで来ると、とある建物の前に白衣姿の男性が立っていて、私たちに気がつくと丁寧に腰を折った。ここが救護院のようだ。

男性は濃いグレーの髪をしていて、帝国の人にしては珍しく肌の色素は薄め。真夏だというのに汗ひとつかいておらず、涼しげな雰囲気を纏《まと》った、穏やかそうな青年だった。

「セーナ様。こちらが一等軍医のエルネスト医官だ」

「初めまして、王妃殿下。本日はご足労くださいまして恐縮でございます」

「おはようございます、エルネストさん。今日はよろしくお願いします」

挨拶と礼を交わしたけれど、エルネストさんの表情は冴《さ》えない。

「救護院の見学と、呪いの調査についてですよね。……最初に申し上げますが、わたくしは呪いを解明するに至りませんでした。ですから、これまでの資料は差し上げられても、有益な情報をご提供することは難しいかと存じます。力不足で申し訳ありません」

彼は深々と頭を下げた。

「いえいえ！　資料をいただけるだけで十分ありがたいです。一から調査をしていたら、とんでもなく時間がかかってしまいますから」

「そうおっしゃっていただけると助かります」

頭を上げたエルネストさんは、私の後方で視線を留めた。

「お背中におられるのがタラ殿下でしょうか」

「はい。すみません、子供も連れてきちゃって」

「王妃殿下がよろしければ、こちらは一向に構いません。……ごきげんよう、タラ殿下。見事な紺碧《こんぺき》の御髪《おぐし》ですね。拝見しているだけで暑さが和らぐようです」

「だあだあっ！」

エルネストさんは私の肩からひょっこり顔を出したタラに挨拶をした。恵比須顔になったところを見ると、子供が好きなのかもしれない。

資料は最後にもらうことにして、まずは院内を見学させてもらうことにした。

広い平屋の中には4列でベッドが並んでいて、その3割ほどが埋まっていた。先の内紛や訓練中に負傷した軍人たちだそうだ。ベッドの間を縫うように行き交う医療従事者も白衣の下は軍服だ。

「医官や薬官も軍人なのですか？」

「薬官というものはなく、医官がいわゆる薬師のような業務も行います。民間の医師が医官になる場合もありますが、ほとんどは最初から軍属ですね」

「ここは医官とわたしのような看護官、あとは衛生兵で構成されているんだ。軍の養成機関で専門教育を受けることができる」

アイーダも教えてくれた。

「そうなんですね。ブラストマイセスとは違った仕組みで面白いです」

ちょうど処置が始まった患者のところに行き、見学させてもらうことにした。

右腕を負傷した兵士だ。女性看護官がどす黒い血液が付いた包帯を取ると、10cmほどの創傷が現れた。丁寧に縫合されているものの痛々しい。

彼女は薬壺《つぼ》が載ったカートからひとつ取り出し、匙《さじ》で緑色の粉をすくう。肌に振りかけられた粉はきらきらと輝きを放ち、みるみるうちに患部に浸透していった。

「すごい！　あっという間に吸収されました。これはなんですか？」

どきどきしながら質問すると、エルネストさんが解説してくれる。

「メモトン花の抽出物です。一時的に心臓の働きを弱め、全身の血流量を低下させる効力があります。傷口からの出血を抑える目的で使用しております」

「へぇ……！」

降圧薬のようなものだろうか。プラーナ帝国は精霊の加護によって多様な薬草が生えていると聞いたけれど、思った以上に本格的な働きを持っていて舌を巻く。

粉薬をかけ終わると今度は軟膏《なんこう》を塗り始めた。ミントのように清涼感のある、独特の香りが漂ってくる。

「こちらは？」

「麻酔作用を持つアネステの実と、傷の再生を促すベルマイン草を合わせたものです。最後に各薬草の効力を高めるシネルギ草で染めた包帯で巻いて終了です」

粘り気のある白い軟膏は肌に触れると透明に色を変え、細かい泡のような粒子が傷口に集まっては弾けていく。時間をかけて成分を浸透させることで、身体への負担を最小限に抑えられるのだという。

「薬草の種類や剤形を使い分けるというわけですね。まるで魔法のようで驚きました。けれど、帝国らしい医療の在り方ですね」

「ええ、お分かりになっていただけますか」

エルネストさんはこの仕事がとても好きなのだろう。静かな救護院の空気を読みながらも、少しだけ多弁になった。

「同じ薬草でも、収穫する季節によって微妙に薬効が異なるんです。たとえばアネステ樹《じゅ》は1年を通して絶え間なく果実をつけますが、夏に収穫したものは鎮痛作用が高く、冬に収穫したものは鎮静作用が強いんです」

「それは面白いですね！　医官の腕の見せどころ、といった感じでしょうか」

「おっしゃる通りです。医官なのでもちろん手術もしますが、状況に応じて自由自在に薬草を操ることが求められます」

「薬師として興味が湧きます。帝国滞在中、もし時間があったら薬草について教えていただけませんか？」

「光栄です。薬草農家にご案内することもできますし、配合をお教えすることもできますので、どうぞ気軽にお申し付けください。ブラストマイセス王国のお話もぜひお伺いしたく存じます」

「いいですね！　とても楽しみです」

エルネストさんは熱心だしとても親切だ。きっと軍でも人当たりよく活躍しているのだろうと思っていたところ、やりとりを聞いていたアイーダが口を尖《とが》らせた。

「なんだかいいように言っているが、ここは軍隊だしエルネスト医官はバリバリの外科畑だ。一見優しそうな風貌をしているが、騙《だま》されてはいけない。鬼医官で有名なんだ。わたしも何度泣かされたか分からない」

エルネストさんはばつが悪そうに頰をかいた。

「そうですか？　僕としては心外ですが……」

気が置けない2人の会話を聞いていて、彼女の言う通り厳しい人なのかもしれないけれど、師弟関係は良好に見受けられた。

「別の処置をご覧になりますか？　それとも資料の話をいたしますか？」

表情を戻したエルネストさんが問う。

「見学させていただきありがとうございました。資料をお願いします」

「承知しました。こちらへどうぞ」

事務室だという部屋に入ると、机の上に書物や紙の束がどっさりと積み上がっていた。

明らかにこれだと察しがつく。

「歴代の調査担当者の資料です。概要をかいつまんでお伝えしましょうか？」

「助かります。お願いします」

「皇家の呪いが始まったのは101年前のことでした」

エルネストさんは、どこか遠くを見るような目で語り始めた。

4

命を落とすのは決まって男児だった。なんのトラブルもないお産でも、乳児のうちに多くが命を落とした。無事に育っても、転んで尻を打っただけで亡くなった例もあった。死ぬわけがない状況で、ころりと死んでしまう。単なる不幸な事故ではなく、呪いではないかという声が上がるのも無理はなかった。

古い時代の記録には詳細な状況説明がなく、呪い説が出始めたここ20年ほどしかまともな資料が残っていない。つまり、現皇帝の治世になってからということだ。

「ペドロ陛下が即位してからお亡くなりになったのは、ミハール殿下とオリバー殿下のおふたりです」

エルネストさんは気遣わしげに隣に目を向けた。

「わたしの兄上たちだ。血の繋がった、ほんとうの」

アイーダは静かに言った。

「わたしが生まれる前の出来事だから、聞いた話だ。やはり呪いとしか思えないような状況だったらしい。兄上たちは双子だったのだが、ともに乳歯が抜けたときに落命した」

「えっ？」

乳歯が抜ける。つまり歯が生え変わっただけで亡くなった？

絶句する私を見てエルネストさんが先を引き受ける。

「歯が抜けて、出血が止まらなくなったそうです。速やかに救護院に搬送してメモトン花やベルマイン草で処置を行ったものの、出血量が多く救命には至らなかった、と記録されています」

「乳歯が抜けるなんて誰にでもあることだ。当たり前のことで、どうして兄上たちは死ななければならなかったのか。こんな馬鹿げた呪いなんてあんまりだ」

ぎりり、という歯ぎしりが聞こえた。

「だからわたしは呪いの究明に名乗り出たんだ。こんなふざけたことがあっていいはずがない！」

興奮して声を荒げるアイーダの背に、エルネストさんがそっと手を当てた。

「わたくしも必死でお調べしました。異国から最新の魔術書や禁書も取り寄せましたが、こういった呪いは記載されていませんでした。結局、過去の担当者以上の発見をすることはできなかったのです」

エルネストさんが背を撫でていると、アイーダは幾らか落ち着いたようだった。取り乱して申し訳ない、と小さく呟《つぶや》いた。

「こちらの資料は妃殿下がお役立てを。もしわたくしにできることがありましたらいつでもお声がけください。ご協力は惜しみません」

「……ありがとうございます」

外は灼熱《しゃくねつ》の夏模様だというのに、私たちはどこか薄ら寒い気持ちで帰城した。

アイーダもいつもの活気が失われていて、「少し頭を冷やす時間が必要だ。今日はこれで失礼する」とだけ言って、足取り重く自室へ戻っていったのだった。

5

エルネストさんからもらった資料を読み込んでいる間、デル様は連日皇帝の遊戯に付き添っていた。ある晩彼が帰ってきてから、毎日いったい何をしているのかと尋ねると、それはどうやら日本で言うゴルフのようなものみたいだった。

「棒で球を打ち、地面に空いた穴に入るまでそれを繰り返すのだ。何が面白いのかわたしには分からぬが、ペドロ3世は実に楽しげであった」

「私もゴル……そういった遊戯は未経験なのでわかりませんが。なるべく少ない打数で穴に入れることに楽しさがあるのではないでしょうか？」

「うむ。このほうがやりやすかろうと穴を大きく掘ってやったのだが、『そういうことではない！　部外者は余計なことをするな！』と怒られてしまった。なかなか難しいな」

「まだお友達にはなれないのですね」

謁見したときに受けた印象とデル様の話を総合すると、皇帝は偏屈というか、かなり癖のある人物だと言っていいと思う。デル様をもってしても距離を縮めるのは容易ではないようだ。

多くの外交は国の損得でことが決まる。ある種分かりやすい構造だけれど、プラーナの皇帝についてはその基準がまったく通用しない。

「彼と友人になるためには、もっと彼自身を知る必要がありそうだ。今回のようにわたしの基準で動くと失敗する」

デル様ははぁと深いため息をつく。いつも堂々としている2つの角はしおれて見え、かなり気疲れしている様子だった。

「お疲れですね。早くお休みになって、明日に備えましょう」

「そうしよう。実は、明日も外出の付き添いを頼まれているのだ」

デル様とともに寝室に入り、肌触りのよいタオルケットに包《くる》まる。

かつての自分にゴルフの趣味があったなら、皇帝の気持ちがわかったかしら？

デル様の助けになれないことを残念に思いながら、明日も資料の精査を頑張らないと、と目算をつけて目を閉じた。

◇

昼下がりの皇城資料室。

呪いの解決には至らなかった、と肩を落としていたエルネストさんだったけれど、私は心のどこかで期待していた。彼の調査資料を見たら何かヒントが得られるのではないかと。

けれども、希望はあくまで希望でしかなかった。最後の資料を確認し終えて、私は徒労に終わったことを感じていた。

「圧倒的に、記録が不足しているわ」

エルネストさんも言っていたことだけれど、呪いではないかという話が持ち上がる前の記録が乏しい。普通は立て続けに男児ばかりが亡くなったらもっと早くに騒ぎになりそうだけれど、この資料を見ると、まるで死んでしまったらもう仕方がないというように――悲しいことから目を逸《そ》らすかのごとく、淡々と簡潔な記載があるだけなのだ。

私の呟きを受けて、傍らに座るアイーダは腕を組んだ。先日別れたときは穏やかでない様子だったけれど、すっかり元の調子を取り戻している。

彼女は難しい問題でも考えているかのように、額に皺《しわ》を寄せていた。

「ブラストマイセス王国には、信仰や宗教はあるのだろうか？」

唐突な問いかけに面食らう。

「信仰かぁ……。領地によってはその土地その土地の、いわゆる土地神様というか、土着の小規模な信仰はあるわね。でも、国としては無宗教よ。それがどうかした？」

「そうか。……いや、ひょっとしたら、セーナ様への答えはそこにあるのかなと思ったんだ」

「……というと？」

きょとんとすると、アイーダはゆっくりと自分自身の言葉を確かめるように話し始める。

「帝国は精霊信仰だ。精霊だけを信じ、崇《あが》める。わたしたち人間は精霊に仕える僕《しもべ》であり、彼らのために生き、彼らのために死ぬ」

勉強は苦手だから、もしかしたら間違っているかもしれないけれど。と彼女ははにかみながら言葉を続ける。

「生きるのも死ぬのも、自分ではなく精霊神の意向だという考え方なんだ。だから、たとえば誰かが突然儚《はかな》くなっても、それをあれこれ調べるようなことはしない。神のお膝元に行かれたのだと、儀式的に送り出すだけだ。……ああ、もちろん犯罪が強く疑われるような場合は別だけれど」

「じゃあ、呪いについて調べようとしなかったのも……」

「調べる、という発想がそもそもなかったと思うんだ」

皇族は特に保守的な考え方が強いから、とアイーダは苦い顔をする。

「でも、誤解しないでほしいのは、精霊信仰はプラーナに深く根付いているけれど、それに縛られているというわけでもないんだ。父の代になってからは交易が盛んになって、諸外国の新しい価値観もどんどん入ってきている。各々の考え方を持つことは否定されていない」

「そう……」

皇女であるアイーダの考察は説得力のあるものだった。自分では知り得ぬ視点からの指摘をありがたく思うと同時に、私の脳裏にはヘンドリック様の姿がかすめた。

自分は呪われた皇家の男児であり、遅かれ早かれ死ぬと言っていた、仄暗《ほのぐら》い瞳。

彼もまた、無意識のうちに自分の生を諦めているのかもしれないと思った。生きるためにあがいたって無意味だと、己の生死はもはや自分自身が介入できるものではないと、意識せず自身を縛り付けてしまっているのではないか。

「……セーナ様？」

アイーダの怪訝《けげん》な声で、はっと我に返る。

「ごめんね、ちょっと考え込んじゃった。あなたの言う通り、この資料にこだわらないほうがよさそうね。教えてくれてありがとう」

「役に立てたなら光栄だ」

ほっとしたようにアイーダは笑った。

「せっかく資料室に来ているから、書物を当たってみましょう」

「分かった」

調査の方向性を考え直す必要がありそうだ。小さなものでもいいから、なにかとっかかりが欲しい。

帝国の新旧さまざまな書物が所狭しと並ぶ資料室は、ブラストマイセスの図書室と同じ匂いがする。紙とインクの香りは世界共通なのかしらと思うと、離れてしばらく経つ王国を懐かしく思うと同時に、なんだか不思議な心地がした。

挿話　父と娘の秘密

「こんなはずではなかった……」

誰もいない部屋のソファに横たわりながら、わたしは言葉にできない虚《むな》しさを感じていた。

プラーナ帝国を訪れて1週間が経った。その間に自分がしていたことといえば、ペドロ3世の従者業だけである。我が妃もその皇帝に無理難題を押し付けられて忙しくなってしまった。その結果、思い描いていた新婚旅行、あるいは家族旅行というものからは程遠い日々を過ごすはめになっている。

運よく今日は早い時間にペドロ3世から解放されたので、少しはセーナと過ごす時間が取れると思いながら戻ってきたが、あいにく我が妃はまだ仕事が終わっていないらしく姿はみえない。しんと静まり返った部屋はどうにも居心地が悪かった。

「仕事に復帰する前は、このようなことはなかったのだがな」

セーナがタラの育児に専念していたころは、執務から戻ると必ずふたりで出迎えてくれた。今思えば、あれはなんと贅沢《ぜいたく》な時間だったのだろうと惜しまれる。家族の温かみを知ってしまった今、独りとはなんと味気ないものか。はあ、と深いため息が出た。

「……ここで無価値な時間を過ごすより、タラの元へ行くか。ちょうど食事どきだから、わたしもタラと共に夕食にするとしよう」

侍従に食事の手配を頼み、娘の部屋へ向かう。タラは乳母のメアリとキャッキャッと声を上げて遊んでいた。

「我が娘はどこでも順応できるのだな。羨ましい」

タラはセーナがいなくとも利口にしているし、帝国での生活を存分に楽しんでいる。

部屋に入ってきたわたしに気がつくと、ぱあっと一点の曇りもない笑顔を浮かべた。

寂しく思っているのは自分だけなのかもしれない。そんなことを考えながら食卓を囲んでいると、ふいにタラが声を上げた。

「とーと、ちんむんす」

「ん？　どうした、タラ」

タラは大きな目でじっとこちらを見て、なにやら心配そうな表情をしている。

「ないない、だべ」

「……？　食事が足りないのか？」

タラはもどかしそうに首を横に振る。

タラの言葉は不完全で、なにを言いたいのか分からないことも多い。言葉の意味を考えあぐねていると、タラはおもむろに自分のおかずをフォークで刺し、わたしの皿に移動させた。

「やる」

なぜだかそれだけははっきりと発音できたタラ。

面食らっていると、食事の補助をしているメアリが申し出た。

「恐れながら陛下。タラ様は陛下の元気がないことを心配しておられるようです。ご自分のおかずを差し上げたら、陛下がお喜びになると思われたのではないでしょうか」

「そうなのか？　そなたはわたしを励まそうとしてくれているのか？」

娘に向き直ると、タラはニコニコと頷いた。そしてさらに、自分の好物である卵焼きまでわたしの皿に分けてくれた。

なんと優しい娘だろうか。娘から施しを受けるなど思ってもみなかったので、胸がいっぱいになる。

「すまない。実は少しだけ気分が落ち込んでいたのだ。もう十分だ、ありがとう」

タラの頭を撫でると、彼女は得意そうに「いいんだよ」という顔をした。我が子ながらその賢さには驚かされる。

と同時に、まだ幼い娘にまで心配をかけてしまった自分が情けなくなった。この部屋に来てからも、どこか上の空で暗い顔をしていたに違いない。

「……参ったな。そなたのほうがずっと大人のようだ。我が妃に会えないことで、そなたにまで気を使わせてしまった」

これではいけないな、とわたしは自省した。セーナは今、懸命に自分の仕事に励んでいるのだ。会えないことを憂うのではなく、理解して応援するのが善き夫の姿ではないだろうか。

「そなたのおかげで元気が出た。それに、大切なことにも気がつけたようだ。ありがとう」

「だあだあっ！」

タラは満足そうに声を上げる。その様子を見て、やはり家族とはいいものだなという実感が湧いてくる。

口に含んだタラの卵焼きは、甘くてほっとする味がした。

＊

（ふぅ。父さまが元気を取り戻してよかっただ）

食事を終えてデルマティティディスが退室したあと、タラは大きく伸びをした。

実は、彼が思い悩んだ顔をしてタラの部屋に来ることはこれが初めてではない。ブラストマイセス王国にいたときにも何度かあって、そしてそれはいつもセーナのことが原因だった。

(母さまが今日も可愛かったとか、もっと一緒にいたいのにどうして1日は24時間しかないのかとか。父さまの頭の中には母さましかいないんだっぺなあ)

なぜ悩むのか分からないことをこぼしてはため息をつくデルマティティディス。見かねたタラがあの手この手で励ますと、急に何かを悟ったように元気になり、部屋を後にしていくというのがいつもの流れだった。

よって、父を励ますことも自分の重要な任務だとタラは考えている。

嫌な気はしない。むしろ、いつもは寡黙な父がこういう時だけはおしゃべりになり、自分を頼ってくれているような気がして嬉しかった。

(父さまのために、もっとなにかできねえかなあ？)

父の悩みを根本的に解決するには、励ましよりも母との時間を確保することが一番いい。それはタラもわかっていた。

うーんと頭をひねっていると、食事の片づけをしているカーラとメアリの会話が耳に入ってきた。

「今日、セーナ様は何時に戻られるんだべか？」

「タラ様の寝かしつけのために、20時には戻ると聞いてるだ。だども、もしかしたら昨日みてえに間に合わねえかもしれねえな。急に仕事が延びることもあるから」

「ほんじゃ、そろそろ寝床の支度をしておくべ」

ふたりの会話を聞いて、タラは閃《ひらめ》いた。

寝かしつけられる前に寝てしまえば、母さまは早く父さまのところに戻れるのではないか？　いつもその日に描いた絵を見せたり絵本を読んでもらったりしているから、結構な時間を取ってしまっている気がする。

名案だと思ったものの、一抹の寂しさがタラの胸をかすめた。

（……でもなあ。おらだって母さまと遊びたいだ。お仕事を始めてからは、ほとんど会えなくなっちまったし。カーラさんとメアリさんはよくしてくれるけども、やっぱり母さまとはなにかが違うんだよなあ）

毎日楽しく過ごしているが、ずっとセーナと一緒だった日々と同じとは言い難《がた》い。うまく表現できないけれど、今のタラは1日の終わりにセーナに会う時間が一番好きで、特別だった。

（ああ。父さまが抱えている気持ちは、もしかしてこれとおんなじなんだべか？）

タラは初めて父の気持ちを理解した。そして、自分が今初めて気がついた感情を、父は毎日のように抱えて過ごしていることにも。

仕方がないなあ、とタラは発奮する。

（おらより父さまのほうが寂しん坊だからな。しょうがないから、今日は母さまを譲るだ。今日だけだぞ！）

父のお世話も自分の仕事なのだ。タラは一肌脱ぐことを決めた。

その晩タラは、寝床の用意ができると自らすみやかに布団に入った。灯《あか》りを消すようにカーラに身振り手振りでお願いして、さっさと目を閉じた。

「どうしちまったんだ、タラ様は。具合でも悪いだか？」

「もともとおりこうだったけんど、こんなことは初めてだ！」

乳母たちと仕事終わりに駆け付けたセーナは慌てたが、そのころタラはすでに夢の中に入っていた。

後日、上機嫌のデルマティティディスから新しい玩具が差し入れられたのは、父と娘だけの秘密のお話。

6

帝国訪問は2週目に入っていた。

どちらかと言うと色白だったデル様が、今やクッキーの端のようにこんがりとした褐色の肌になっている。腕に抱えられたタラが、彼の日焼けして浮いた皮を夢中になって剝《む》いている。

珍しい姿を見ることができて内心小躍りしながらも、それは彼の仕事が難航していることを表していた。

「今日はどちらに行かれたんですか?」

「海辺で遊戯だ。棒で球を打ち、地面に置かれた門を通すというものだ」

デル様は、いったい自分は毎日何をしているんだろうという虚《うつ》ろな顔で答えた。

皇帝はゴルフにゲートボールにと多趣味のようだ。けれども、連日遊び回っていて政治のほうは大丈夫なんだろうか。

「皇帝陛下はお仕事をしなくていいのでしょうか」

「自分が動かなくても国は回ると言っていた。皇太子を含め周囲に適切な教育を施し、短い期間でそのような仕組みを作り上げたことは素晴らしい手腕だと思う。……もしかしたら、男は早死にということで、必然的にそうなったのかもしれないが」

言葉の後半はやや小さな声になる。デル様は大きな手のひらでそっとタラの頭を撫でた。

「自分に万が一があったとしても、ということですか」

「ああ。ペドロ3世の側近が言うには、今は余生のようなものらしい」

自分が呪いに倒れることを前提にして、今の帝国をつくり上げたのだとしたら。

そう考えると、胸に鉛が詰まったような気持ちになった。

玉座にふんぞり返り、デル様を好き放題に連れ回していることも、口を出してはいけないことのように思えてくる。たぶんデル様も同じような感情を抱いているからこそ、何も言わずに付き従っているのだ。

場に流れるやるせない空気をかき消すように、デル様は明るい声を出す。

「いつもわたしの話ばかりですまないな。ところでセーナの方はどうだ？　聡明なそなたのことだから、順調なのだろうが」

「う～ん……。まあ、そうですね」

嘘だ。ほんとうは未《いま》だに収穫ゼロで、正直焦っている。ヘンドリック様は我関せずだし、エルネストさんの資料に手掛かりはなかったし、アイーダは……すごく協力はしてくれるけれど、いかんせん彼女は書物を前にすると5分も経たずに寝てしまうことがわかった。根っからの肉体派であり、お勉強が苦手というのはこういう意味かと納得してしまったのだ。

挙げればいろいろとあるのだけれど、お疲れのデル様に心配をかけるようなことは口に出したくなかったため、私はそっと彼から目を逸らす。

しかし、勘のいいデル様は歯切れの悪さを目ざとく指摘した。

「本当か？　あまりすっきりとした表情ではないように見えるが」

「んだぁ〜っ！」

デル様の日焼け皮を剝ききったタラも、そうだそうだと言わんばかりに声を上げる。

「ほら、タラもこう言っているぞ。気掛かりなことがあるのではないか？」

――このふたりには敵《かな》わないわね。自然と頬が綻んだ。

「……実は、ヘンドリック様と打ち解けることができなくて。でも、デル様も頑張っているんですから、私も根気強く取り組まないといけないですね」

初日に『僕は協力しない』宣言を受けたあと、何もアクションを起こさなかったわけではない。説得のために何度かお部屋を訪問したのだけれど、多忙を理由にもれなく追い返されているのだ。

「ペドロ３世があぁだから、政権を動かしているのは実質的に皇太子だ。せわしいことに偽りはないだろうが、そなたに協力をしないというのは困りものだ」

デル様は逡巡《しゅんじゅん》したのち、ある提案をしてくれた。

「明日、ペドロ３世に彼のことを聞いてこよう。皇太子は他者に心を閉ざしているように見える。元来の性格や忙しさ以外にも、なにか事情があるかもしれない」

「ありがとうございます！　すごく助かります」

ヘンドリック様の協力が得られれば、新しい事実が掴めるかもしれない。

突破口はそこにあるのではないかと、あってほしいと祈らずにはいられなかった。

7

次の晩。タラを先に寝かせ、資料室から借りてきた書物を読んでいると、日付が変わるころにようやく解放されたデル様が扉を開いた。

「すまない、遅くなった。ペドロ３世の深酒には困ったものだ」

「お疲れ様です。今日も大変でしたね」

天下の魔王様であるデル様が、新入社員のごとく接待や飲み会に付き合わされている。いたたまれない気持ちになりながら、用意していた二日酔い防止の五苓散《ごれいさん》を渡す。彼はお酒に弱いということはないけれど、念のため。

「ありがとう。さっそく頂こう」

彼は一気に薬をあおり、どかりと勢いよくソファに腰かけた。

「朝から晩までペドロ3世のおもりを務め、これから執務をせねばならないと思うと気が重い」

そう。デル様には皇帝の相手だけでなく、持ち込みの執務もあるのだ。どうしても彼の判断が必要な案件が複数あって、深夜や早朝にそれらをこなしている。彼とて一国の主であり、1か月も自国の仕事を休むということは不可能なのだ。

待っていたけれども、今日はもう休んでもらったほうがよさそうだ。

「湯あみの用意はできています。ゆっくり温まって、もう寝ましょう」

「いいや、大丈夫だ。皇太子の件を聞いてきたから、そなたに共有したい」

「でも、お忙しいのに……」

「そなた以上に優先するものなどない。今日だって、これが終わればそなたに会えるということだけを楽しみに過ごしていたのだから」

デル様は自分の隣をポンポンと叩き、私に座るよう促した。

戸惑いながらも腰を下ろすと、ぐいっと強めに引き寄せられる。彼の胸板に顔を押し付けるような形になり、どきりと心臓が飛び跳ねる。

「そなたに触れていると疲れが吹き飛ぶ。我が妃がいれば、わたしは他に何もいらない……」

ため息とともに流れ出る呟きは、言外に皇帝への文句のようにも聞こえた。ぎゅうぎゅうと私を抱きしめ、耳元で髪の匂いをすんすん嗅ぐものだから、くすぐったくてたまらない。

疲れ切って気怠《けだる》い様子のデル様は、どこか色気すら感じられる。腰に回された手はどんどんと下へ向かい、撫でる必要のない場所を撫で始める。このままでは彼の雰囲気に流されてしまいそうだったので、私は慌てて彼の腕から逃れて居住まいを正した。

「でっ、デル様。お話を聞きたいです。ヘンドリック様のこと、聞いてきてくださったんでしょう?」

私が甘い空気を蹴散らしたので、彼は不服そうな表情を隠そうともしなかったけれど、渋々口を開いた。

「ペドロ3世のほか、こっそり皇太子の執事にも尋ねてきた。……彼の生い立ちは、いささか気の毒なものであった」

その言葉で始まった、ヘンドリック様の物語はこうだった。

＊＊＊

ヘンドリック・アーカー・シャルルは、ペドロ3世と側妃の間に生まれた庶子だった。

嫡子である双子の兄たちが早世したため、わずか4歳で皇太子の地位についた。

父ペドロ3世は双子の死をたいそう悲しみ、80年近く続く『男児ばかりが早死にする』という状況を問題視した。

各所に調査を命じるとともに、ヘンドリックを絶対に死なせてはならないという命令を出す。

同時に、ペドロ3世は矛盾とも思えるひとつの密命を出した。それは、産まれたばかりのアイーダ皇女をヘンドリックのスペアとして育てよというものだった。

ヘンドリックに万が一のことがあれば、妹のアイーダが皇位を継ぐことを見越しての決断だった。

ヘンドリックは様々なことを制限されて育てられた。

怪我や病気をしないように、外出は一切禁じられた。不慮の事故を防ぐために、自室には机と椅子、そしてベッドといった必要最低限のものしか置かれず、玩具の類が与えられることはなかった。

騎獣することも、街を視察に行くことさえ認められない。24時間誰かに監視され、起きている間は勉強することしか許されなかった。

「アイーダは自由に外で遊べるのに、どうして僕はいけないのですか？」

幼いヘンドリックは不満を感じていたが、優しい母に言い含められる。

「あなたは身体が弱いから、小さな怪我でも命に関わるの。お母様はあなたがいなくなったら悲しいわ。お父様もそう思っているからこそ、大事に大事に育てられているのよ」

「……そうなのですか？」

大事にされているからだ、という言葉に悪い気はしなかった。退屈で不自由な毎日だが、母だけは常に寄り添ってくれたから、ヘンドリックは頑張れた。

しかし、そんな母の急死によって事態は変わっていく。

ヘンドリックが10歳になったばかりの、激しい雨季の最中《さなか》のことだった。

大雨に打たれながら運ばれてゆく棺《ひつぎ》の後を、茫然《ぼうぜん》としながら着いていく。

（母様……母様……。僕のせいだろうか……）

妹の騎獣訓練が始まるという話を聞きつけ、母に文句をぶつけていたところだった。

母はいつものように少し困ったような笑顔を浮かべて宥めていたが、急に顔を歪め、胸を抑えて倒れ込んだ。

引《ひ》き攣《つ》れたような浅い呼吸を繰り返し、身体を丸めてすぐに動かなくなった。

ヘンドリックの悲鳴を聞きつけた侍従が駆け付け、すぐに救護院に搬送したものの、城に帰ってきたのは白い棺に収まった、一回り小さく見える母の姿だった。

（僕がわがままばかり言ったから、母様は体調を崩してしまったんだ！　僕のせいだ……）

精霊神の元へと向かう死者を盛大に弔うべく、葬儀が執り行われる寺院には鮮やかな花輪がいくつも飾られている。

けれども、ヘンドリックにはそれがひどく不愉快に感じられた。母様が死んでしまったのに、どうしてみんな平気でいられるのだろう。けばけばしい飾りなんて必要ない。精霊神のところになんて行かないで、ずっとそばに居てほしかったのに。

ひときわ雨が強くなる。執事がそっと傘を傾けたが、彼はそれを思いっきり振り払った。

「……いいや、違う。僕のせいじゃなくて病気のせいだ。呪いのせいだ。こんなものがなければ僕だって自由に生きられたし、母様だって死なずに済んだんだ！」

うわあああああ、と叫び声を上げて、葬列の先頭をゆく棺に取りすがる。

雨が容赦なく彼の全身を打ち、跳ね返った泥が衣を汚していく。

慟哭するヘンドリックを、周囲は哀れむように見つめるばかりだった。

母だけが自分の味方であり、そして生前は気付かなかったことだが、唯一の後ろ盾でもあったことを知る。

呪われた男児であるヘンドリックのことを、口さがなく言う臣下たちは多かった。

「ヘンドリック様はいつまでもつんだろうな」

「アイーダ様に付いたほうがいいだろうか」

「違いない。いつ いなくなるか分からない皇太子殿下よりも、アイーダ様にお仕えするほうが未来は明るいぞ」

陰口はしだいに陰口ではなくなっていく。ヘンドリックが姿を現しても、にやりと締まりのない笑みを浮かべ、上辺だけのご機嫌伺いをするのだ。

（母様は、ずっと僕を守ってくれていたんですね）

ヘンドリックの唇は固く引き結ばれ、緩むことはなくなった。

アイーダが自分の婚約者になると発表された日も、心は虚ろなままだった。

妹に特別な感情を抱いたことはない。むしろ妬みや羨望といった、どす黒い感情を覚えたことなら数えきれないほどある。アイーダ自身はなにひとつ悪くないと分かっているからこそ、跳ね返ってくる罪悪感に潰されそうになった。

すべては自分に流れる皇家の血のせいだ。呪いをはらんだ邪悪な血統。

鋭利な剣で心臓を一刺しにして、一思いに死んでしまいたいとすら思った。

（けれども僕は、死ぬことすら許されていない）

父帝の命令で、成長してもなお監視の目は厳しい。皇城の敷地から出ることすらできないのに、剣など与えられるはずがなかった。危険はあらかじめ排除され、なんの面白味もない、完璧な機械の一歯車のような仕事を与えられて日々を生かされている。

（僕のような者はさっさと死んで、健康で人望のある妹が皇太子になればいいのに）

期待されているはずがない。みな、いつ自分が死ぬのだろうかと好奇の目で見ているだけなのだから。

父帝の狙いは分かっている。自分とアイーダを結婚させておけば、死んだときに面倒が少ないからだ。そのまま皇妃が玉座に座るだけで済む。

情け容赦のないやり方だと思うが、そういうことができるからこそ、父は稀代《きたい》の名皇帝と呼ばれるのだ。

生きている意味もないけれど、死ぬこともできない。自分は中身のないからくり人形のようだと思う。生かされ、操られ、ただ存在しているだけ。

「誰か……誰か教えてくれ。僕はなんのために生きているのか……。いつまで生きなければいけないのか……」

蒼穹《そうきゅう》に浮いた呟きは、眼前の墓標に音もなく沁み込んでいった。

8

しばらく言葉が出なかった。

たっぷりと湿気を含んだ大雨が、まるで自分にも降り注いだかのように、心はひどく重かった。

「私が、間違っていました」

喘《あえ》ぐようにようやく出てきた言葉は、ヘンドリック様への申し訳なさからくるものだった。

「呪いの原因がわかったら、ヘンドリック様も嬉しいだろうと。物事の上澄みしか捉えていなくて、彼がこれまでどのような気持ちで過ごしてきたか、どんな苦しみを抱えているのかを知ろうともしませんでした」

呪いの原因が判明したとしても、すぐさまヘンドリック様を取り巻く状況が好転するわけではない。これまで辛酸を舐《な》めてきた彼自身の価値観はそう変わらないだろう。

きっとそういうことも、ヘンドリック様自身は当然理解しているはずで。

「……皇太子は、生きたいとは思っていないのかもしれぬな」

私が行きついた答えを、静かにデル様が口にした。

「そうですね……。いっそのこと、死んだほうが楽だとお思いかもしれません」

初めて会った日の、暗く光のない瞳。

『どのみち僕も死ぬんだ。原因なんてどうだっていい』

吐き捨てるように言った台詞《せりふ》の裏に隠された真意。それは単なる諦めや私への不満ではなくて、もうこんな人生はご免だ、早く終わりにしたいということだったんだろう。

けれども、彼にはそれすら許されていない。

苛酷《かこく》な人生を知った今、確かに不老不死の私という存在は、最も癪《しゃく》に障るものであろうということが心底腑《ふ》に落ちた。

目線を絨毯に落とす。鮮やかに染められた綿と羊毛で織られた、帝国伝統の民芸品だ。はっと目が覚めるような青色で空が表現され、その下には帝国でよく見かける真っ赤な大輪の花。傍らには両前足を上げて躍動するラグーに乗った軍人が描かれ、背後には精霊神が棲まうとされる火山が堂々とそびえている。

帝国は美しい。人々は精霊が宿る自然を愛し、その恵みに絶えず感謝を表明し、それでいておおらかに生きている。

幽閉同然の生活をしているヘンドリック様は、そのひとつさえも、まだ味わえていないのではないだろうか。

青々とした気持ちのいい山も、甘い蜜香る花に溢《あふ》れた街並みも、商売人の活気づいた声が飛び交う賑《にぎ》やかな市場も。国民にとって当たり前の風景を、皇太子たる彼はなにひとつ知らない。

「……そんなの、あんまりだわ」

あなたの国は、こんなにも鮮やかで、心奪われるものに満《み》ち溢《あふ》れている。

そのことを、どうか知ってほしかった。帝国に生まれ、皇太子という立場になったことの意味を、絶望だけで終わらせたくなかった。

「どうするのだ、セーナ」

デル様の問いに、私はきっぱりと答える。

「ヘンドリック様をお助けしたいです。……いえ、必ず助けます」

これは私のエゴでしかない。彼からしたら、望んでもいないことを勝手にするなと思われるだろう。

でも、私は薬剤師だから。

病気なんかに当たり前の幸せを奪われることがあってはいけない。人が本来当然の幸せとして享受できるものを、この手で必ず繋ぎとめてみせる。

デル様が青い目を細めてくすりと笑った。

「そなたならやり遂げられると信じている。我が妃よ」

「はい！　応援お願いしますね、デル様」

返事の代わりに、ちゅっと音を立てて額に唇が落とされた。

「も、もう、デル様ってば。真面目な話の最中ですよ」

「正直なところ、わたしは皇太子に興味がないからな。目に映るものはそなただけでいいと思っている」

彼は私の顎をくいと引き上げて、じわじわと端整な顔を近づける。青く美しい瞳には
ヘンドリック様のへの字も存在しなくて、真っ赤になった私の顔だけが映っていた。

「あのっ、デル様？　まだヘンドリック様のお話の途中では……？」

私に向けてくれる感情を幾ばくかでも皇帝に向けてみたら、案外すぐに仲良くなれるんじゃないかしら？　という妙案が頭をかすめたものの、塞がれた唇によってどこかへ吹き飛んでゆく。

「これは新婚旅行なのだろう？　忘れられているのではないかと、心配になる」

いつの間にかソファに押し倒されていた。

艶めいたデル様の言葉をひとつ残して、長い夜は更けていったのだった。

9

その手紙を拾ったのは、今日も資料室で調査を行おうと、アイーダと合流した直後のことだった。

「今日は珍しく雨ね。肌寒いわ」

「乾季でも、ごく稀《まれ》に雨が降ることがある。そういうときは決まって冷たい雨なんだ。こう晴れてばっかりでは、精霊神様も喉が渇いたのかもしれないな」

アイーダは回廊の廂《ひさし》からひょこっと頭を出して、霧の向こうに見える火山に目をやった。

帝国に四季はないけれど、例えるならば秋時雨のようにうら寂しさを感じさせる雨だ。早朝から降り出した雨は、今では少し雨脚を強めている。

「慌ててタラに長袖の服を出したわ。今朝、くしゃみをしていたの」

「それは大変だ。明日には止《や》むと思うけれど、暖かくしたほうがいい。持ってきた荷物には限りがあるだろうから、何か入用なものがあったら遠慮なく教えてほしい」

「ありがとう、アイーダ」

そんな話をしながらいつもより薄暗い回廊を進んでいくと、前方から皇帝一行がやってきた。急いで道をあけ、「おはようございます、陛下」と2人で声をそろえる。

「うむ。……呪いの調査は順調だろうな？」

皇帝は恰幅《かっぷく》のいい身体の後ろで手を組み、尊大に言い放った。

「誠心誠意、お調べしております」

「ご心配めされるな、父上。何か分かったら報告するから」

皇帝はふんとわざとらしく鼻を鳴らす。大勢の護衛や臣下を引き連れ、どやどやと足音を立てて通り過ぎていった。

「……ふぅ。緊張したわ」

皇帝は比較的小柄だけれど、支配者特有の威圧感がある。目つきや表情、些細《ささい》な仕草に至るまで、しっかりとエネルギーの通った立ち振る舞いをするのだ。相対すると、こちらの精力をごっそり持っていかれる感覚に陥る。

ほんの十数秒で一気に老け込んでしまった私に、アイーダはまごついた声を出す。

「もっ、申し訳ない、セーナ様。父上はあまのじゃくなんだ。ヘンドリック兄上と同じように多くの制限を受けて育ったらしいから、人との付き合い方が下手だとよく言われる。だから、厳しいことを言われても気にしなくて大丈夫だ」

「そうなのね。ありがとう。陛下のことを理解できるように努めるわ。……あら、これは何かしら？」

皇帝が通り過ぎていった場所に白い紙が落ちていた。二つ折りになったそれからは、黒い文字がうっすらと透けて見えている。

「手紙、だろうか？」

拾い上げたアイーダが便箋と思《おぼ》しき紙を開く。彼女の視線が文字を追いかけるにしたがって、きりっとした眉の間に皺が寄る。読み終わるころには苦いものでも食べたような顔つきになっていた。

「どうしたの？」

見て大丈夫だ、という視線を受けて便箋を覗き込む。

〝ヤッホー！　ヤスミンちゃん、今日も元気カナ⁉　明日、公務がお休みになったヨ。デート♡なんて、どう⁇　ヤスミンちゃんが相手してくれないなら、魔王と遊んじゃうゾ😙　ナンチャッテ！　今日は、天気が悪いね。寒いけど、頑張ろう♪　くれぐれも体調に気をつけて✋〟

――あっ。えーと……。これは、ラブレターってことでいいのかしら？

人が一生懸命書いた手紙を見て笑う、などという無礼を働いてはいけないと思いながらも、私の唇の端はひくひくと忙《せわ》しなく上下していた。

皇帝と、アイーダの母であるヤスミン皇妃も伝統に漏れず政略的親戚婚だと聞いているけれど、仲は大変宜《よろ》しいようでなによりだ。

「こっ、皇帝陛下は、あいっ、愛妻家なのね？」

「セーナ様、無理しなくて大丈夫だ。愚父を笑ってやってほしい」

遠い目をして達観した様子のアイーダからは、このような手紙のやりとりは日常的に行われているのだろうということが伝わってきた。

考えれば考えるほど吹き出しそうになってしまうので、これはいけないと必死で真面目なことに考えを巡らせる。

そう、今日もこれから呪いの調査の続きなのだ。帝国滞在も残り2週間と少しで時間に余裕はないのだから、しゃっきりしないと。

「……あっ、アイーダ。皇妃殿下で思いついたのだけど」

「母上がどうかしただろうか？」

「呪いについてお話をお伺いすることはできるかしら？　その、お子さんを亡くしているでしょう。当時の状況について直接お話が聞ければ、調査のヒントになると思ったのだけど」

「……そうだな。ちょっと難しいかもしれないが、打診するだけしてみよう」

珍しく歯切れの悪いアイーダ。

「……やっぱりお忙しいのかしら？」

「いいや、違うんだ。実は、母上は当時のことをあまり思い出したくないみたいで。エルネスト医官が聞き取りを願い出たときも断っていたんだ。兄上たちが亡くなってしばらくは精神的に不安定な状態が続いていたみたいだし、もしかしたら、まだ完全には乗り越えられていないのかもしれない」

「そう……。けれど、無理もないわ。私だってタラを亡くしたら普通ではいられないと思うもの。皇妃殿下は一度におふたりもだから、お辛さは察するに余りあるわ」

アイーダの双子の兄たちは、歯茎から大出血を起こして失血死したという。現場は真っ赤な血の海になっていただろうし、もしその場に皇妃様がいたならば、その光景はトラウマになってもおかしくないと思う。

「一応、打診だけはしてもらえるとありがたいわ。お断りされたら潔く諦めましょう。皇妃殿下のお心に土足で立ち入るようなことはできないもの」

「感謝する、セーナ様」

皇妃殿下が難しければ、と考えを巡らせる。

「皇帝陛下には妹さんがいらっしゃるわよね」

皇族女性を片っ端から尋ねて回れば、当時の状況について手掛かりがつかめるのではないかと考えた。

「ああ。叔母上はアルバート公爵家へ降嫁しているが、わたしのことも可愛がってくれた良いお方だ」

懐かしむように答えたものの、一転して顔を曇らせた。

「そういえば、叔母上の子供も幼いころに亡くなっているな。これももしかして、呪いと関係があるのだろうか」

小さな呟きだったけれど、私は聞き逃さなかった。

「面会を申し入れましょう。アイーダ、他にも同じようなお方はいらっしゃる？」

「そうだなあ……。あとはおばあ様か。父上には弟もいたのだけれど、幼いころに亡くなったと聞いている」

「皇太后様ね。お城にいらっしゃるの？」

「郊外の宮殿にお住まいだ。使者を遣わして都合をお尋ねしてみよう。……女性皇族で存命の方だと、このお二方だけだ」

「ありがとう。お話を聞けるといいのだけれど」

皇妃様に、皇帝の妹さんに、皇太后様。呪いによって子を亡くしたこの3人から証言が得られれば、停滞している調査も前進するに違いない。希望の光が見えた気がした。

「長く立ち話をしてしまったわね。さ、資料室に行きましょうか。いつも悪いわね、軍の仕事の合間を縫って手伝いにきてくれて」

「今日は居眠りしないように頑張るよ」

冗談交じりに笑ったアイーダと共に、今日も資料や文献調査に精を出そうと張り切っていたのだけれど。

夕方に各打診先から戻ってきた返事は、すべて「その件については話したくない」という否定的なものだった。

10

悪いことは続くものである。

精霊信仰が人々の根幹に根付く帝国では、死生観がブラストマイセスのそれと異なる。死者について詮索することはタブーである――特に保守的な考えを持つ皇族の間においては――ということを私は痛感していた。

アイーダが皇帝に交渉してくれたけれど、彼は愛妻の意向を尊重したいらしく、「では、別の方法で調査せよ」と素っ気なく言っただけであった。調査を命じた張本人なのに、ヘンドリック様のことといい、どうも不親切な皇帝である。

3人の女性皇族からお断りの連絡をもらい、食い下がるべきか、それとも次なる一手を考えるべきかと悩んでいたところにもたらされたのは、タラが体調を崩したという知らせだった。

急いで娘の部屋に駆け付けると、乳母2人がベッドサイドに付き添ってくれていた。

「セーナ様！」

「カーラにメアリ、ありがとう。タラが熱を出したって？」

「そうなのです。今朝からくしゃみが止まらず、昼前には鼻水が出始め、そして先ほどからお熱が。お仕事中に来ていただき申し訳ございません」

「いいのよ。悪いことでも逐一報告してもらえるほうがありがたいから」

木製の柵がついたベッドに横たわるタラは、林檎《りんご》のように真っ赤な頬をしていた。顔だけ見れば暑そうなのに、小さな身体はぶるぶると震えていて寒そうだ。

タラはぼんやりとしていたけれど、私を見つけるとにっこりと笑った。

「かーか、きちゃ」

「タラ、母さまが来たわよ。大丈夫？　辛いわね」

真綿が詰まった布団を1枚追加し、しっかりと身体を包み込む。

「葛根湯を持って来ているから飲ませてあげてくれる？　しっかり水分をとって、食事は消化のよいものを中心に組み直してもらいましょう」

「かしこまりました」

「申し訳ないわね。ちょっと今、仕事が立て込んでいて。でも、何かあったら遠慮しないで知らせてね」

「お任せくださいませ。急に寒くなりましたから、タラ様のお身体も驚かれたのでしょう」

風邪のようであり、今のところ特別なケアは必要なさそうだった。暖かくして、しっかり水分と栄養を取ればよくなるはず。

けれども、安易にそう思えない自分もいた。

タラは魔族の性質を受け継いでいるためか、身体はかなり丈夫なほうだ。生後風邪をひいたことなんて2回しかない。

しかし、実のところその2回はいずれも重症化している。肺炎を併発して数日間水も受け付けずにぐったりしていたこともあり、見ているのも可哀想《かわいそう》なほどだった。

幸いいずれも山を越えれば急速に回復するのだけれど、どうやらタラの風邪は極端だということに私は気がついていた。

「今回はどうかしら。重くならずに済むといいのだけど……」

部屋を後にして、再びアイーダの待つ資料室を目指す。

ここは住み慣れたブラストマイセスではない。遠く離れた異国の地、プラーナ帝国だ。頼りになるドクターフラバスもいないし、高度な医療設備もない。

皇帝から頼まれた呪いの解明という仕事もあるし、タラの側にいてあげたくてもできない状況にある。

──私は大丈夫かしら？

胸をよぎった、一抹の不安。

弱気になってはいけない。これからは、仕事も子育ても両方頑張らなきゃいけないのだから。

ぶんぶんと頭を振って重たい感情を追い出そうとするけれど、それは今なお降りしきる冷雨のように、私の心にぽたりぽたりと戻ってきてしまうのだった。

11

皇族女性がだめならば、長年仕えている臣下に話を聞いてみてはどうだろうか、とアイーダは提案してくれた。

「それはいい考えね。もうリストに挙げてくれたの？　助かるわ！」

「どうもわたしは、書物を読むよりこういった作業のほうが向いているようだ」

タラの様子を見に行っている間、彼女は対象となる人物の名前をリストアップしてくれていた。その右頰には角ばった赤い痕がついていて、彼女が睡魔に敗北していたことがうかがえた。

「この方々には私が直接お願いしてみるわ。人を挟んだらまた断られる気がして怖いから」

まがりなりにも私は一国の王妃だ。同格にあたる皇族女性たちには断られてしまったけれど、臣下たちには断られないと思いたい。

このあと救護院で仕事があるアイーダと別れ、さっそく私はリストに載った人物へ会いに行くことにした。

訪ねた臣下たちの反応は十人十色だった。

突然の王妃訪問にたじろぐ宰相、にこやかに出迎える議会長、ほんとうに王妃なのかと疑いの目を向ける女官長――。

「ブラストマイセス王国の王妃殿下が、あたくしに御用があるわけないじゃないですか。それに、あたくしはご到着日にお会いいたしましたけれど、王妃様はあなたのように地味な姿形ではありませんでしたよ。年を取ってもこの目は耄碌《もうろく》していません！」

女官長の金切り声が廊下に響く。

「いえ、ほんとうに私は王妃でして……」

帝国に到着した日、私はロシナアムによって王妃モードに飾り立てられていたけれど、普段は動きやすさ重視のシンプルな服を着ている。自分でも別人だと自覚しているけれど、こうもきっぱり言われるとちょっぴり複雑だ。

「皇帝陛下の命により、皇家の男児にまつわる呪いを調査しているんです。女官長にもお話をお伺いできたらと思ってお願いに来ました」

「呪い？　ああ、ますます不審ですこと。関わりたくありませんわね。どうして王妃殿下がそんなものを調査するのです。あなたは何者ですか？　さっさと去らないと警備の者を呼びますよ！」

「あっ、ちょっと。待ってください！」

今にも大声を上げそうな女官長に冷汗をかいていると、たまたまヘンドリック様が通りかかった。「私は王妃ですよね⁉」と必死に取りすがったところ、「そう思っていましたが、違うのですか？」と微妙ではあるけれど証言が得られたので、女官長もどうにか納得してくれた。

どっと疲れを感じたものの、アポイントを取る人はまだまだいるので、気を取り直して次へ向かう。

皆さん仕事中だったこともあり、とりあえずご挨拶と聞き取り日程の調整にとどめて帰ってきた。明らかに乗り気でない人もいたけれど、夜まであちこちを駆けずり回って、どうにか全員の予定を押さえることができたのだった。

ところが翌朝、事態は一転する。

朝一番にタラの部屋に向かうと、おろおろと動き回る乳母たちがいた。

タラの症状が悪化していたのである。

「熱が上がっているわね。明け方に嘔吐《おうと》もあったの？　水分が取れていないというのは心配ね」

汗に濡《ぬ》れた前髪はぺったりとおでこに張り付き、小さな胸を上下させて浅い呼吸を繰り返している。辛そうな様子に胸が締め付けられた。

「申し訳ございません、セーナ様」

責任を感じている乳母たちが頭を下げるけれど、彼女たちは夜通し交代で看病してくれたのだ。すまなく思うことなんてひとつだってない。

顔を上げるように促すと、ふと気がついた。

「カーラにメアリ。あなたたち、顔が赤いわよ。もしかして調子が悪いんじゃない？」

「さっ、さようでございますか？　このくらい平気でございます」

「だめよ。メアリなんて鼻水まで垂らしてるじゃない。とにかく熱を測ってみて」

体温計を渡し、すぐに検温してもらう。すると、やはり2人とも発熱していることがわかった。

「タラの風邪がうつったのだわ……」

このタイミングで乳母も体調を崩すとは。思わず頭を抱えた私を見て、カーラとメアリは顔を青くした。

「セーナ様。この程度の熱でしたら働けます」

「お仕事がお忙しいことは存じております。わたくしどもは健康だけが取り柄ですから、お気になさらずお任せくださいませ」

「いいえ、ごめんなさい。違うの。大丈夫よ」

胸に渦巻く焦りを必死で抑え込み、しばらく休むよう2人に伝える。

「タラの様子だと、たちの悪い風邪かもしれないもの。薬を飲んでゆっくり休んで、元気になったらまた出てきてくれる？　それまでタラの看病は私がするから」

「し、しかし――」

「私は風邪をひかないから、適役でしょう？」

不老不死のいいところは、文字通り死なないところだ。病気にはならないし、怪我をしても普通の半分程度の期間で治ってしまう。仕事に復帰する前はタラの風邪もつきっきりで看病していたから、なにも問題はない。

「申し訳、ございません」

泣きそうな顔の乳母たちを部屋から送り出し、ベビーベッド脇の椅子に腰を下ろす。

自然と深いため息が出た。正直、気分はひどく重い。

「今日から聞き取りの予定だったけど、すべてキャンセルね。ロシナアム、先方にお断りの連絡を入れてもらえる？」

無言で後ろに付き従っている侍女兼護衛にお願いする。

「承知しましたわ」

きびきびと部屋を出て行こうとする彼女を引き留める。

「ごめん、ちょっと待って。……明日も多分、だめそうね。当日にキャンセルするよりは早いほうがいいかしら」

「セーナ様は王妃ですから、目下の者の予定など気にしなくてもよいのですわ」

つんとして言い放つロシナアムは、昨日女官長に嫌味を言われたときに、「1秒もからず殺《や》れます。ご許可をいただけますか」とボソッと呟いていた。私が軽んじられたことが許せなかったみたいだった。

そうは言ってくれるけれど、地球生まれ日本育ちの私はまだまだ故郷の感覚が抜けきらない。何かを断るときは心苦しくなるし、相手だって忙しく、都合があるのだという ことを感じずにはいられない。王妃という立場を笠《かさ》に着ることは気が向かなかった。

「向こう3日間の約束を白紙にしてもらえる？　昨日話を取り付けたばかりで断るなんて申し訳なさすぎるけど、これぱっかりはどうにもならないわ」

再びため息をついた私を励ますように、ロシナアムがしゃんとした声を出す。

「お気になさることはありません。わたくしが角の立たないように話して参りますから」

緋色《ひいろ》の凛々《りり》しい眼差しは、いつだって頼りになる。一番嫌な役回りを引き受けてくれた彼女に感謝すると同時に、自分も気持ちを切り替えなきゃという気持ちになってくる。

タラは目と鼻をくしゃりと歪ませていて、なんだか泣きそうな顔をしていた。子供ながら先ほどのやりとりを見聞きして、乳母の不調を心配しているのかもしれない。

仕事は休みになってしまったけれど、辛い思いをしているタラの側にいられることはよかった。苦しんでいる我が子というのは、今まで経験したなによりも心を鋭く抉《えぐ》ってゆく。

「大丈夫よタラ。母さまが側にいるからね」

安心させるように呼びかけると、タラはもにょもにょと口を動かした。

「ぅまねぇ、なぁー」

それはなんだか、ひどく訛《なま》った謝罪のように聞こえた。聞き間違いに決まっているのだけれど、可愛らしい喃語に癒《いや》されて頬が緩む。

話を聞きつけたアイーダが資料室から運び込んでくれた書物を読みながら、終日タラの看病をしたのだった。

12

目を開けると、星柄のカーテンの向こうには夜が透けていた。

「いけない。居眠りしちゃった！」

慌てて目の前のベビーベッドを覗き込むと、タラは相変わらず寝ているようでほっとする。照明をつけようと立ち上がると、同時にパッと世界が明るくなった。

「すまない、遅くなった」

「デル様！　お仕事は終わったんですか？　お疲れさまでした」

灯りをつけたのはデル様だった。帝国風デザインの濃緑のマントに狩猟服、足元は革製の黒いロングブーツという珍しい出で立《た》ち。彼はマントを毟《むし》るように脱ぎ、長い脚ですたすたとやって来た。

「今日は兎《うさぎ》狩りでしたっけ。お怪我はないですか？」

「ああ。狩りと言ってもペドロ３世は見ているだけで、わたしが捕まえた兎を焼いて食べていただけだったが。昼は野山を駆け回り夜は宴会ときて、さすがにくたびれた」

そんなことより、とデル様は辟易《へきえき》した表情を引き締める。

「タラはどうだ？　少しは回復に向かっているのだろうか」

「横ばいか、やや悪化というところでしょうか。喉の腫れがひどくて水を飲むのがやっとです。今日は食事が取れていません」

「そうか……。そなたの見立てではどうだ？」

「扁桃炎《へんとうえん》じゃないかと思ってます。ブラストマイセスから持ってきた小柴胡《しょうさいこ》湯加《とうか》桔梗《ききょう》石膏《せっこう》に加えて、エルネストさんから炎症を抑える薬草も都合していただきました。こまめに水分をあげて様子を見ています」

タラの小さな口から漏れる吐息は荒く、はぁ、はぁ、と静かな子供部屋に一定のリズムで響き渡っている。

デル様はタラの頭をそっと撫でたあと、私に向き直った。

「様子は分かった。明日からはわたしが看病を代わろう。そなたは2日もここに詰めているだろう。ゆっくり身体を休めるがよい」

「えっ。でも、デル様のお仕事はどうするのですか」

「別の日に回せばいいだけだ。そなたが気にすることはない」

平気な顔をして言っているけれど、それは絶対に無理なことだと私は知っている。皇帝の付き合いを断ることは魔石の輸入交渉の決裂を意味するし、ブラストマイセスから持ち込んだ執務だってある。デル様のスケジュールに別の日などというものはない。

となると、睡眠時間を返上するしか方法はないのだ。

今でこそ健康体なデル様だけれど、その昔はひどく虚弱だったことを私は忘れていない。彼に無理をさせることはどうしても避けたかった。

自分も仕事が滞っていて気が気じゃないけれど、という思いには強く蓋をする。

「大丈夫です、デル様！　知っての通り私は不死身ですから体調に問題はありません。むしろ、こんな状態のタラから離れるほうが心配で仕事が手につかないんです」

笑顔を作ってそう伝えたのだけれど、彼は難色を示している。

「呪いの調査は順調なのか？」

「はい！　大丈夫です！」

「……国から至急医師団を呼び寄せたほうがよいのでは？」

もともと呪いの解明という仕事が入る予定はなかったし、使節団として帯同できる人数には限りがあるため、一行の健康管理は私が担う体でやってきていた。デル様は医師を呼び寄せて私と交代させようと提案しているのだ。

けれども、それも難しい。

「私たちと同じ旅路を使うにしても、どんなに急いでも半月はかかります。それだけ時間があれば、到着するころには治っているでしょう」

問答は数往復続いたものの、最終的にはデル様が根負けした。

「分かった。では、セーナに任せよう」

その言葉を引き出せたので、私は胸を撫で下ろした。

たくさんの仕事を抱えたデル様に代わってもらうわけにはいかない。私が麻疹の対応でお城を留守にしたときはデル様が頑張ってくれたのだから、今は自分が踏ん張るときだ。

デル様は気遣わしげにちらちらと振り返りながら部屋を出ていった。扉が閉まると同時に、私は長い息を吐く。

「帝国滞在も半分が過ぎちゃった。状況は厳しいわ」

タラの側に詰めているため、臣下への聞き取り調査は一向に進んでいない。依然として手掛かりはなく、アイーダも軍の遠征訓練に出てしまって動けない状態だ。ヘンドリック様は……何をしているんだろう？

考えると、どうにもイライラしてくる。誰も悪くないとわかっているのに、思うように事が運ばないことがもどかしくて仕方がない。

自分の力不足、そして器の小ささに嫌気がさす。心配してくれるデル様にだって、頑《かたく》なな態度を取ってしまったようにも思う。

改めて、子育てと仕事の両立とは難しいものなのだなと痛感していた。

◇

(母さま……。おらが風邪なんかをひいたばっかりに、お仕事が進まなくなっちまって。申し訳ねえだ)

自分の看病に付きっきりで仕事を休み続けている母に、タラは恐縮しきりだった。

熱に浮かされた頭でぼんやりと考える。やっぱり自分はタイミングが悪いなと。

時折母が言っているように、自分はたまに大きな風邪をひく。産まれてしばらくはふわふわとした時の流れの中にいたから覚えていないが、ひとつ前の風邪のことはよく覚えている。そのときは、母の誕生日に被《かぶ》ってしまったのだ。

（母さまは平気そうだったけど、父さまはすっごく残念そうな顔をしてたっぺな）

立派な角が生えた自分の父は、世の中のなによりも母のことが好きで好きで仕方がない。自分もいつか、父のように強くてかっこいいひとと結婚できるのだろうかと、漠然とした憧れを抱いている。

そういえば、とタラは注意を取り戻す。

（黒いモヤが見えるようになったのは、あの風邪をひいてからだったなぁ）

人の調子の悪い部分がわかる、例の能力である。

病み上がりに着いて行った往診で初めて患者にモヤが見え、とても驚いたので覚えていた。

（今回は、なんにもないといいけんどなぁ）

モヤの件は偶然だと思うが、これ以上おかしなものが見え始めてはたまらない。自分は普通でいい。ごくありふれた子供として、何の心配もなくこの家の一員として過ごしていきたい。

それが、タラの唯一の望みだった。

（あぁ、身体が熱いだ。なんだか目も痛くなってきたぞ。ゴミでも入っただか？）

目をごしごしとこすっていると、セーナのたしなめる声が飛んでくる。

「タラ、だめよ。ばい菌が入ってしまうわ。痒《かゆ》いの？ 今、きれいなタオルで拭いてあげるから待っててね」

もう部屋は真っ暗で、お日様はとっくに沈んでいるというのに。母さまはいつ寝ているんだろう。疲れた顔をして、ずうっと本を読んでいる。

静かに閉まるドアの音を聞きながら、タラはどうにもならない自分の身体がもどかしくて仕方がなかった。


【薬師メモ】

小柴胡湯加桔梗石膏とは？

小柴胡湯に桔梗と石膏を加えたもので、江戸時代に開発されたとされる処方。桔梗には咳や痰《たん》、膿《うみ》を改善する働きがあり、石膏には熱を冷ます作用がある。
・使用例：のどの痛み、扁桃炎など。
・原典：本朝経験方《ほんちょうけいけんほう》

13

今朝も、隣に妻はいない。

体調を崩した娘の部屋で寝泊まりをして、24時間の看病を続けている。

広いベッドは物寂しく、いつもの癖で右に寄って寝たために、左側の寝具には乱れがなく整ったまま。独り寝ももう4日目を迎える。

カーテンを引くと、外はまだ黎明《れいめい》だ。いつもより早く起床したのにはもちろん理由があった。ペドロ3世のもとへ向かう前に、今日はやることがある。

昨夜、セーナは平気だと気丈に振る舞っていたものの、どことなく普段と様子が違っていた。

彼女は芯のある強い女性だが、それゆえ抱え込みすぎるきらいがある。人に優しく自分に厳しい性格なのだ。

それを知っているからこそ——理解できるようになったからこそ、彼女を支えたいと強く思う。自分が何かすることで、セーナが笑ってくれることが何よりの喜びだ。

そういうわけで、向かう先は娘の部屋だ。

ロシナアムに尋ねたところ、早朝のこの時間、セーナは小一時間ほど彼女にタラを任せて湯あみをするらしい。

この時間を利用してセーナの負担を減らすことにしたのだ。やれるだけの仕事を肩代わりすることで、少しでも休んでもらいたかった。

そろりと扉を開いて部屋に入ると、そこにはロシナアムがひとりでいた。

「陛下。おはようございます」

物音を立てずに入ったのに、彼女はさっとこちらを振り返った。さすがは一流の暗殺者《アサシン》だ。セーナを任せるに値する実力を持っている。

「セーナは湯だな？」

「はい。今さっき行かれましたので、少なくとも30分はお戻りにならないかと」

「よし。タラはどうだ？」

「小康状態ですわ。熱は昨日より下がっています。少しですけれど」

「よい傾向だな。この調子で頑張るのだぞ、タラよ」

「んだびゃあ〜！」

ベッドの中の娘は数日にわたる病で消耗している様子もあるが、へにゃりと口角を上げて笑った。

自分の瞳と同じ青色の髪、そしてセーナと共通する鳶色の瞳を持った我が子は、まさに奇跡の存在だと思う。産まれる前から当然好ましく思っていたが、いざ産まれてみると想像の千倍は可愛らしく、神々しさにしばらくは触れるのをためらったほどだ。

けれども生後数年も経てば、育児も慣れたものである。

「では始めよう。まずは衣類やおしめを替えて、身体を清拭してやろう」

風魔法を発動させ、タラの身体を宙に浮かせる。そよぐ程度の軽風を操って衣服を脱がせ、素早く水魔法を詠唱する。微細な水滴がタラを包み込み、汗でべたついた肌を浄化していく。

「魔法を使うとセーナはあまりいい顔をしないが、今は許してほしい」

危なっかしく見える、という理由から我が妃はこのやり方を好まないが、最も効率的で質の高い世話を提供できることもまた事実だ。宙に浮く体験が物珍しいのか娘も喜んでいるし、とにかく今は手作業している時間がない。

新しい衣類に着替えさせて、静かに椅子の上に着地させる。

「あとは何をすればよい？」

「朝食にいたしますか？　食事のお世話が済むだけでも、セーナ様はかなり楽になると思いますので」

「そうしよう。ああ、これだな」

ロシナアムはタラの着替えをしている間に食事を運び込んでくれていた。体調を崩しているので、いつもの幼児食ではなくパン粥《がゆ》やとろみのついたスープといった内容が盆に並んでいる。

「脱いだお召し物をランドリーに持ってまいりますわ。５分ほどで戻りますので、タラ様をお願いいたします」

「ああ。頼む」

口をぱくぱくと開閉させているタラにエプロンを装着し、食事の支度を整える。食欲が出てきたのはいいことだ。この様子ならばセーナが戻る前に食べ終えることもできるだろう。

匙に粥《かゆ》をたっぷりとすくって口に運ぶ。小さな舌の上に乗せ、「美味《うま》いか？」と尋ねようとしたそのとき。

タラはぶるぶると不自然に震え、突然火がついたように泣き始めた。

「ぎゃあああああ～!!」

舌を突き出し、涎《よだれ》と共に粥が流れ落ちていく。悲鳴のような叫び声と、のぼせ上ったように真っ赤な顔が事の緊急性を物語っていた。

「どうしたのだ!?　ああ、すまない！　熱かったのだな!?」

わたしとしたことが！　食事の温度確認を怠ってしまった。特に、粥といったとろみのある食べ物は表面と内部の温度に差があるから、よく冷ますようにとセーナから言われていたのにだ。

「ど、どうしたらよいのだ。みっ、水か？　とにかく口の中を冷やさねば」

城じゅうに響いているのではないかと思うほどの泣き声は、否応《いやおう》なしに焦りを引き起こす。勢いよくコップに手を伸ばしたものだから、弾みで倒れ、中の水がタラの服にかかってしまった。

「すまない！　今乾かしてやる」

風魔法と氷魔法を同時に行使すればよいかと閃く。

血相を変えたセーナが部屋に飛び込んできたのは、再びタラを宙に浮かせ、呪文を詠唱し始めたときだった。

「タラ！　どうしたの⁉　って、デル様⁉」

セーナの髪はまだ濡れていて、衣服も急ぎ羽織ってきたというような姿。タラの大きな泣き声は、ひとつ部屋を挟んだ浴室にまで聞こえてしまっていたのだ。

「これは……その」

タラは猿のように顔を真っ赤にして泣いているし、衣類は濡れて色が変わっている。おまけに宙に浮いているという状況だ。

どこから説明したらよいか言葉に詰まっていると。セーナは焦燥した表情から、ふっと真顔に戻った。

「……デル様。もういいです」

普段の彼女からすると、ずいぶん低い声だった。

「セーナ。これはその。すまない、そなたを助けようとしたのだが――」

「いいですから。デル様は戻って大丈夫です」

彼女は苛立《いらだ》ったように肩にかけたタオルを放り、宙に浮かんで泣くタラを抱きとめた。

ああ、セーナが好まない魔法での世話を見られてしまった、今更気がつき、すうっと背中が冷たくなってゆく。

わたしの存在を無視するかのように、セーナはてきぱきとタラの手当てを始める。遅れて部屋に飛び込んできたロシナアムは何事かとわたしとセーナの顔に視線を往復させたが、申し訳なさそうな顔つきで彼女の手伝いを始めた。

「……セーナ、」

意図せず、すがるような細い声が出る。

わたしはまだここにいる。なにをしたらよいのか教えてほしかった。謝罪をすべきなのか、それとも手伝いをしたほうがよいのか。それとも――。

セーナはわたしの顔を見ることもなく、半ば叫ぶように言った。

「さっきも言った通り、デル様はもうお戻りになってください！　全部私がやりますから、余計なことはしないでほしいんです！」

目の前が、真っ暗になった。

14

言ってしまったあと、私は自分が自分で信じられなかった。

今、私の口は何て言ったの？

咄嗟《とっさ》に振り返ると、目に映ったのはひどく悲しそうな顔をしたデル様だった。

「ごめんなさい！　私、なんて失礼なことを」

慌てて謝っても、彼の顔色が戻ることはなかった。素早く踵《きびす》を返《かえ》し、大きな背中の向こうから「すまなかった」と小さく一言だけ聞こえ、デル様は部屋を出ていった。

立ち尽くしていると、ロシナアムが気まずそうな声を出す。

「……申し訳ありません。この件にはわたくしも一枚嚙んでおりました。陛下はセーナ様を少しでもお助けしたいとお考えでしたので、ご協力さしあげたのです。タラ様の食事が作りたてであることを陛下にお伝えしていれば、このようなことにはなりませんでした。わたくしの失態でございます。どうぞお叱りくださいませ」

平身低頭する彼女を、誰が叱ることができようか。私の心の中は、誰かへの怒りではなく、自分自身への失望でいっぱいだったのだから。

去ったデル様を追いかけるべきか。

いいや、今は頭を冷やしたほうがいいかもしれない。

自分は思ったより余裕を失っているのだと、初めてそのことに考えが及んだ。

思うように捗らない仕事に、長引くタラの体調不良。面会の約束を反故《ほご》にしてしまったことへの罪悪感。隠せていると思っていた感情が表に出てしまっていたからこそ、デル様は気を回してくれたに違いないのに。

「……はぁ。自分が嫌になるわ」

全身が重く、ぐったりと疲れていた。肉体的なものではなく、精神的な疲労がありありと感じられた。

とにかく今はタラのケアを優先しないと。せっかく快方に向かっているのに、濡れた衣類でぶり返してしまっては大変だ。

タラの風邪がうつった乳母たちも回復に向かっていると聞いている。

あと少しの辛抱だ。涙がこぼれそうになるのを堪《こら》えながら、必死に自分に言い聞かせた。


その晩、デル様は帰ってこなかった。

急きょ皇帝に連れられて、近隣の島へ視察という名の旅行に行ってしまったのだ。

改めて彼に謝りたくて待っていたけれど、ロシナアムによってもたらされた知らせを聞いて肩を落とす。

「いつお帰りになるのかしら？」

「旅先のイーカン島は海流の関係で魚が豊富に採れるそうで、皆で釣り船に乗り込んでいるとのことです。皇帝陛下の意向により、大物を仕留めるまでは帰れないと聞いてお

を」

「帝国内では転移魔法も念話も使えませんからね。お戻りになるまでは、どうかご辛抱
りますわ」

「そうなの……。こんなタイミングでね。運が悪いわ」

帝国のように、魔法が存在しない国での魔法使用は原則的に禁じられている。滞在中の居室内で完結するような小さな魔法は例外的に許可されるものの、一歩部屋を出るとその国のルールが適用される。郷に入っては郷に従えということが求められるのだ。

ここがブラストマイセスであれば、念話でいつでも会話ができるし、転移魔法で日帰り視察だって可能なのに。

比べることになんの意味もないのだけれど、文化の違いが今はもどかしい。

早く大物が釣れて帰ってくることを願いながら、仕方なく自分の仕事に考えを移す。

「明後日にはカーラとメアリが復帰できそうなの。タラも解熱したし、このままよくなりそうよ。ロシナアム、先日お約束をお断りした方々にもう一度面会を申し入れてくれる？」

「承知いたしました。……よかったですわね。セーナ様」

「あなたにも迷惑をかけてごめんね。ありがとう」

帝国滞在も10日を残すばかりとなった。時間は流れる川のように過ぎてゆき、どんな

魔法でだって時を止めることは叶《かな》わない。

皇家の呪いを解き、シネルギ草の輸入許可をもらうという自分の役割を、改めて胸に刻みつけたのだった。

第三章　赤い血筋

1

特筆すべき内容が明らかになったのは、帝国議会長との面談でのことだった。甥《おい》に家督を譲るまで辺境伯の任にあった議会長は、70歳近くにもかかわらず、背筋がぴんと伸びてがっちりと締まった体格をしていた。髪を丁寧に撫でつけて洒落《しゃれ》た口髭を生やし、小粋な蝶《ちょう》ネクタイをしめるなど、装いには心のゆとりが感じられる。

帝国の男性陣は曲者《くせもの》ばかりだと思っていたけれど、こういう方もいるのねとほっとした。

赤い絨毯の上にどっしりとした茶色の調度品が据えられた議長室にて、彼は私を歓迎してくれた。

「王妃殿下、ようこそお越しくださいました。なにもない部屋で恐縮ですが、おくつろぎになってください」

「時間を作っていただきありがとうございます。それと、お約束を変更していただいて申し訳ありませんでした」

「いえ、そんなことは構わんのですよ。お噂通り、殿下はずいぶんと腰が低くていらっしゃる。我が皇帝にも見習ってほしいですな」

はっはっはっ、と豪快に笑う議会長。これは私も笑っていいものか判断つきかねたため、外交用の無難な微笑みを浮かべておく。

「それで、呪いの件でしたな。調査は難航しているでしょう？ この件について積極的に口を開く皇族はまずおらんですからな」

「おっしゃる通りでして。辛いことを思い出したくないですとか、あとは精霊信仰ですね。死者について詮索することはタブーとされていると聞きました。包み隠さずに言いますと、調査は停滞しています」

でしょうなあ、と議会長は頷いた。

「でもね、わたくしは王妃殿下にご協力したいと思っております。この老爺《ろうや》は67年も生きておりますけれどもね、長い時をかけて、精霊信仰というものにほとほと呆れ切ってしまったんですよ」

言葉の意味がわからなくてきょとんとしていると、議会長は膝の上でごつごつとした岩のような指を組み合わせ、前かがみの姿勢になった。

「精霊神は偉大です。そりゃあ間違いないことですよ。けれどもね、精霊が人間の生き死にゃ幸福を決めるというのはおかしいじゃあないですか。はっきり言って傲慢ですよ。泥臭く生きている人間にちょっと手を出して、運命を変えているのだとしたら、たまったものじゃない」

まるで精霊から何かの被害を受けたかのような口ぶりが気になった。

「議会長は、なにか体験されたことがおありなんですね」

「ええ、ええ。殿下は察しがよろしいですね。どこまで調査が進んでいるか分かりかねますが、わたくしが知っていることを全てお話しいたしましょう」

よくぞ聞いてくれたとばかりに、議会長は滑らかに話し始める。

「わたくしと皇太后殿下は幼馴染《おさななじみ》なのです。小さなころから兄妹のように育ちました」

現皇帝の母である皇太后には、兄が1人、弟と妹が1人ずついるという。辺境伯家の嫡男だった議会長は年まわりの合う貴族家ということで、よく城に呼ばれては一緒に遊んでいたという。

「時は流れ、皇太后殿下は実の兄である、今は亡きサーシャ前皇帝陛下と結婚しました。そして子を3人もうけたわけですね。ペドロ陛下にアルバート公爵夫人、そしてゼン殿下です」

「ゼン殿下は、確かすぐにお亡くなりになったとか」

アイーダが「父上には弟がいたが、幼いころに亡くなった」と言っていたことを思い出す。議会長は首を縦に振った。

「ほんとうにすぐです。よく覚えていますよ。家族のような人物の出産ですから、わたくしは吉報に胸を躍らせて城に詰めていたのです」

懐かしむような表情が、すぐに痛ましいものに変わる。

「難産だったようです。赤ん坊の頭がつかえてしまって、このままでは皇太后殿下の体力がもたないという判断が下されました。結局、産道に器具を入れて引っ張り出すことにしたそうなのですが……」

言葉を詰まらせた議会長は、ひとつ息を吐いて一気に続けた。

「その際に、ゼン殿下の頭部に傷がついてしまったそうです。いえ、外傷ではなく内部の問題だったそうですが。頭の内部に出血が起こり、結局皇太后殿下は産声《うぶごえ》すら聞くことができなかったのです」

ぐったりとした我が子に皇太后は半狂乱になって呼びかけた。凶報を聞いた議会長が急いで駆け付けると、静寂につつまれた分娩室《ぶんべん》で皇太后は茫然自失《ぼうぜんじしつ》としていたという。

想像するだけで胸が張り裂けそうだった。子供が無事に産まれるのは当たり前じゃない。母体も命懸けだし、胎児のほうも命懸けなのだと思い知らされる。

「その当時から、皇家の男児にまつわる噂は囁《ささや》かれていました。けれども先に述べた理由から、誰も真相を探ろうとは思わなかったのです。皆、精霊神のお心次第だなどと言って諦めていました。実際に子を失った、皇太后殿下ですらです」

けれども、彼女は精神的に限界だったのでしょう。——議会長は続ける。

「皇家は多産が求められますが、皇太后殿下はもう妊娠を望みませんでした。皇帝は高貴な血を守るために一夫一妻が基本ですが、夫君にお願いし、側妃制度を導入なさったのです」

「……わかるような気がします。とてもひとりで担える重責ではありません」

人間は機械ではないのだから、役割として理解はしていても、心と体がついていけないこともある。精霊神というどうにもならないものを前にして、皇太后様が唯一できた選択が、側妃制度の導入だったのだ。

「ご存じかもしれませんが、ヘンドリック皇太子殿下の母君も側妃ですね。10年ほど前に亡くなられましたが」

そう言って、議会長は椅子に座り直す。

「皇太后殿下については、今お話しした通りです。付け加えることとしては、わたくしの妻のことです」

「奥様？」

「ええ。実は、わたくしの妻は皇太后殿下の末妹なのですよ。小さなころから、それはそれは花のように可憐《かれん》な娘でしてね」

照れたように笑う議会長からは、どうやら愛妻家らしいという雰囲気が伝わってくる。

それにしても、近親婚をするとあって皇家の親戚関係はかなり複雑だ。そろそろ紙に家系図を書き起こしておかないと脳内で整理しきれなくなりそうだ。

呪いに関係あるか分からないが、なにかの手がかりにでもなれば——そう前置きして議会長は切り出した。

「呪いは男児にのみ発現し、女児はいたって健康というのが通説ですよね。しかしながら、我が妻に関しては身体が弱いのです」

聞けば、奥様は軽くぶつけただけでも青アザができるし、貧血もちで月のものも重く、出産したときも出血量が多く数か月床から起き上がれなかったのだという。

「どうもアルバート公爵夫人もそのような体質だと聞いたことがあります。偶然かもしれませんが、もしかしたら呪いは皇族男児に限ったことではないのかもしれない、と考えたことがあります」

断定を避けるような言い方だけれど、今はどんな些細な情報でもありがたい。特に、『男児のみに現れる』という呪いの根本を覆すような意見は、どこか核心に迫るようなものにすら感じられた。

「貴重なご意見です。そうですね、男児ということに囚われずに考えたほうがいいのかもしれません。実は女性にも呪いは波及している可能性がある、ということですよね……」

うぅんと逡巡していると、ドアがコンコンと小さくノックされた。議会長の次の予定を促しているのだとはっとする。

「お時間ですか。すみません、長々と居座ってしまって」

「ああ、すみませんね。老いぼれですけど、まだ役に立てることがあるようです」

帝国議会を取り仕切る彼は白い歯を見せて快活に笑う。テーブルの上のお茶を片付けながら独り言のように呟いた。

「……結局、わたくしは妻の体調を鑑みて、子はひとりと決めました。次を産んで、妻か子供、あるいは両方失うことになったら、わたくしも後を追ってしまいそうでしたから」

ドアの前まで私を送って一礼する。一瞬だけ見えた後頭部には意外なほど多くの白髪があって、終始受けていた若々しい印象をここにきて鈍らせた。

ゆっくりと頭を上げた彼は力なく目を細める。

「けれども、巡り合わせとはわからんもんです。どういう因果か娘は皇帝陛下に嫁ぎ、4人も子を産んだんですからね。結局、わたくしはかわいい孫を亡くしました」

だから王妃殿下。年寄りの最後の願いです、と乞い願う。

「どうか呪いを解いて、血に染まった我が一族をお救いください。これは、ブラストマイセス王国から来たあなたにしかできないことなのです」

閉まりゆくドアに消えたのは、運命に抗《あらが》おうとする老家臣の叫びだった。

2

オレンジ色のランプが、書物に囲まれた空間を暖かく照らす。臣下たちからの聞き取りを終え、記録をまとめるために私は資料室に来ていた。

帝国の土を踏んでから、最も長く時間を過ごしているのがこの場所かもしれない。ブラストマイセスとは異なる方法で分類された書物の棚も、ペンや紙の補充の在処《ありか》も、もはや勝手知ったる場所のごとく把握しているのだから。

大きく張り出した窓の外は瑠璃色だ。漆黒の夜が訪れるブラストマイセスに比べると、帝国は鮮やかな夜闇をしている。

長机に広げた特大サイズの羊皮紙に視線を戻す。面談した帝国臣下たちからは、それぞれに収穫があった。ここに皇家の家系図を描き起こし、それぞれの人間に何が起こり、何歳で亡くなったかということを書き込んで整理しているところだ。

メモしたノートをあちこち繰り、小さな文字を書き続けていたので、目がしぱしぱと乾いてきた。

「ちょっと疲れたわね。休憩しましょう」

今日もデル様は釣り船に乗っていて帰らない。皇帝が納得する大物はまだ引っかからないようだ。仏頂面で釣り竿を持つデル様の姿がありありと脳裏に浮かぶ。

首や肩のストレッチをして、鞄から気分転換に持ってきた道具を取り出していじくりまわしていると、ふと視線を感じた。

周囲を見回すと、閉めたはずのドアが3分の1ほど開いている。陰に誰かがいるようだった。

「……？　どなたかいらっしゃるんですか？」

声を掛けると、ランプの光に伸びる影がびくりと揺れた。

出ていこうか悩むように影はうごめく。渋々といった表情で姿を現したのは意外な人物だった。

「ヘンドリック様⁉　どうしたんですか、こんな時間に」

深夜0時過ぎに、皇太子ともあろう人物がうろつくような場所ではない。

実際、ヘンドリック様はいつもの学者風の装いではなく、ゆったりとしたシャツにスラックスという軽装。明らかに就寝前のリラックスウエアという出で立ちだった。

思わず疑問を投げかけると、彼は気まずそうに口を開く。

「……僕の部屋は、あそこなんです」

彼は出窓に向かって斜め上を指さした。隣接して建つ棟の上階から煌々《こうこう》と灯りが漏れている。

「偶然ですよ。部屋から資料室《ここ》が見えるんです。誰も利用しないからいつも灯りは消えているのに、あなたが来てからは毎日ついている。……眩しいんですよ」

偶然、というところをやたら強調してヘンドリック様は言った。

「ま、眩しいですか。それはすみませんでした……」

ええと。眩しくて眠れないと、苦情を伝えに来たのかしら？

だとしたら悪いことをした。この窓にはカーテンがないから、大至急適当な布を見繕わないと。

慌てて立ち上がると、しかしヘンドリック様はそれを制止した。

「別にいいです。カーテンを閉めればいいだけですから」

「……？」

言われてみれば、この資料室になくても、皇太子であるヘンドリック様の部屋にはカーテンがあるに違いなかった。

だったら眩しくないのでは……？　と目で訴えると、ヘンドリック様は素っ気なく銀色の瞳を逸らした。

「えっと、ヘンドリック様……？」

私の動揺を彼はまったく意に介さない。特に何を話すわけでもなく、部屋に戻るわけでもなく、入口近くの壁に寄り掛かって静かに室内を眺め回している。どうも私に用があるわけではなさそうなので家系図書きを再開したけれど、なんとなく見張られているようで緊張する。

「……それは何ですか？」

数分置いて発せられた言葉。彼の視線の先にあるのは、さっきまで手慰みにしていた、ブラストマイセスから持ってきた道具だった。

「これですか？　これはですね、人工血管っていうものです。ブラストマイセスの医療研究所で開発中の最新技術なんですよ。私は研究所の所長もやってまして」

「人工、血管？」

ヘンドリック様は興味を示し、じわじわと近づいてきた。

「はい。病気や怪我などで損傷した血管を手術して、これに置き換えるんです。布地に何を使うか開発に苦労したんですよ。いろいろな素材を試して、最終的には魔族の蜘蛛女《アラクネ》さんの糸を織り込むことにしました。一番丈夫だし、縫製技術も確立されていましたから」

研究所では、薬の開発に加えて、最近ではこういった医療機器の分野にも進出を始めている。人工血管も実用化前の最終チェック段階まで進んでいて、帝国滞在中の軽い仕事として持参していたのだった。

もっとも、呪いの調査という予期せぬ任務が発生したため、まったく手を付けられていないのだけれど。

「見た目は布製の筒に見えますね。これが身体の中で血管として機能するのですか？　想像がつきません」

目を丸くするヘンドリック様の顔には好奇心の色が浮かんでいた。もしかして興味があるのかしら？

初めて会話らしい会話が成立していることを嬉しく思いながら、もう少し踏み込んだ説明をする。

「置き換える場所によって当然血管の形は違いますから、構造にはいくつかパターンを持たせてます。この管が4本出ているのが胸部用で、二股になっている方が腹部用ですね。触ってみますか？」

「よいのですか？　ありがとうございます」

手渡すと、彼は長い指で恐る恐る人工血管に触れた。爆発したりなんかしないのに、用心深いヘンドリック様らしい。

「プラーナにはこういったものはありません。おそらく、貴国よりも原始的なのでしょう。傷があれば縫い合わせ、外科的でない症状には薬草を使い分けるというのが医療の基本形です」

「ブラストマイセスもそうでしたよ。資源や技術を生かして新しいものを創り始めたのは、ここ10年ほどのことですから」

とは言っても、精霊によって特殊な効能が付与されたプラーナの薬草と違って、ブラストマイセスの薬草は単純なものだから、一概に比べることはできないけれど。

世界は広く、それぞれの国に特色があるということを、私は今回の長い旅路を経て実感していた。

「いろんなやり方があっていいと思うんです。国によって育つ薬草も違いますし、魔法があったりなかったり、それこそ帝国には魔石があるけどブラストマイセスにはありません。その土地の特徴を生かして、そこに生きるひとに適した医療の形を作ることが、一番素晴らしいことだと思います」

「……」

ヘンドリック様は黙っているけれど、眉間に皺は寄っていない。まだ喋っていいのかしらと思いながら話を続ける。

「これはあくまで私の考えですけど……。今まで私は、医療の根幹は優れた医師と薬師にあると思っていたんです。技術や能力の高さ、いわゆる『腕』と呼ばれるものです。でも、それだけでは治せない病気があることに気がつきました」

帝国に来る前、麻疹の大流行に倒れたゾフィーの人々のことを思い出す。回復したものの、全身に痛々しい発疹を出し、高熱に苦しみながら亡くなっていった子供たち。後遺症に悩まされる人も現在進行形で多くいる。

彼らはワクチンというものがあれば、罹患《りかん》せずに済んだかもしれないのに。

「医療を助ける道具も、必要なんです。医療者個人の能力に関係なく使えて、人々の命を守る助けになるものです」

「……優れた道具があれば、より多くの命が救えるということですね」

「その通りです。たとえばこの人工血管だったら、今までほとんど成功しなかったような難易度の高い手術も可能になりますし、一度置換してしまえば取り替え不要です。患者さんの身体の一部として、ずっと機能していけるんです」

ヘンドリック様はじっと人工血管を眺め、ぽつりと呟いた。

「これがあったら、母様も助かったんだろうか」

その言葉は悲しみが滲《にじ》んだものではなく、ただ粛々としたものだった。

生い立ちについては知らないことになっているから、私は胸を痛めつつも、彼が漏らした声を聞こえなかったふりをした。

「そういえば、ヘンドリック様はどうしてこちらに？」

はぐらかされるだろうなと気持ち半分に尋ねたものの、当ては外れて彼ははっきりと答えた。

「王妃殿下にお伺いしたいことがあったんです」

「私に？　なんでしょうか」

ヘンドリック様は、銀色の瞳でまっすぐに私を見つめた。

彼と真正面から目を合わせることなんて一度もなかった。瞳に宿る強い光が私の全身に緊張を走らせる。

「あなたは不老不死なのでしょう。どうして他人のためにそこまでするのですか？　自由に生き、なんでもできる身分があるのに。父の無茶な命令だって断れたでしょう。臣下に頭を下げて面会をしたり、夜な夜な遅くまで資料室にいなくたっていいはずだ」

それは私と何もかもが正反対の境遇にある、ヘンドリック様らしい疑問だった。

一瞬きょとんとしてしまったけれど、私の中にある答えは至極単純だ。

「だからですよ、ヘンドリック様」

彼が手に持つ人工血管を取る。

「私には無限の時間があります。だからこそ1秒たりとも無駄に使いたくない。せっかく王妃という立場にいるのだから、大切な国民のためにこの命を使うんです」

「……僕には理解できないな。あなたのように全てを手にしたら、己のことだけを考えて生きていくと思う」

「ふふっ。ヘンドリック様は、そのように無責任な方には見えないですけどね？　……価値観はさまざまですけど、私も薬師として生きてきて、多くの人の生き死にに立ち会ってきました。それに、ご存じか分かりませんが、私は1回死んでるんです。30歳ころだったかな。病死でした」

「……！」

知らなかったのだろう。ヘンドリック様は大きく目を見開いた。

私が不老不死であることを知っている諸国王族は多いけれど、その経緯まで細かに把握しているとなるとごく少数だ。というか、おそらく国外にはいないだろう。なぜか分からないが魔王の妃は不老不死らしい、という程度の認識だ。

「申し訳ありません。それは、存じ上げませんでした」

恥じ入るように彼は膝をついて首《こうべ》を垂れ、正式な謝意を示した。

愛想はないけれど、こういう礼儀はきっちりしている。

「大丈夫よ。まったく気にしていないから、謝罪してもらう必要はないわ」

ヘンドリック様はためらいながらも立ち上がる。

「私はね、生と死を体験したうえで、生のために命を使いたいと思ったの。限りある人生を健康で幸福に過ごしてもらいたいというのが、私の生きる意味よ。王妃でなくただの薬師であっても、根本の生き方は変わらないわ」

「そう……なのですね」

「だから、なんとしてでもシネルギ草を輸出してもらいたいの。率直に言うと、自分のための調査だったら、こんなに根を詰めていないかもしれない。たくさんの命がかかっているから頑張れるのよ」

「たくさんの命」には、今やブラストマイセスの国民だけでなく、調査を進めるうえで出会った帝国の人々も含まれていた。呪いに苦しみ、泣き、そして怯《おび》える人々を助けたいという想《おも》いも、いつの間にか強くなっていた。

「……王妃殿下は、やっぱりお人よしですね」

くいっと眼鏡を持ち上げて、ヘンドリック様は息をついた。

「質問のお答えは、ひとまずそちらで納得することにします。……不死身ですから心配いらないと思いますが、ほどほどにしてくださいよ」

「まあ！　さっき謝ってくれたときはしおらしかったのに。優しいと思ったのは、私の勘違いだったみたいね」

冗談交じりに微笑んでみせると、ヘンドリック様は目をぱちくりさせたあと、恥ずかしさを誤魔化すように咳払《せきばら》いをした。

「僕は、優しくなんてありませんよ」

そう言い残して、彼は素早く身を翻す。

細長いシルエットの後ろ姿は、あっという間に廊下の闇に溶けていった。

【薬師メモ】

人工血管とは?

化学繊維や生体材料から人工的に作られた代用血管のこと。

人工血管が開発される前は、馬や羊の血管を移植していたこともあった。その後、パラシュートの生地から作製した手作りの血管などを経て、今日の人工血管に至っている。

挿話　昼下がりの夫たち

じりじりと照り付ける日差し。

ブラストマイセスの夏よりはるかに暑いというだけで疲れるのに、どうしてわたしは炎天下で釣り船に乗っているのだろう。

共にいるのがセーナであれば何ら問題はないのだが、今隣で釣り糸を垂らしているのはプラーナ帝国の皇帝ときているから、余計に暑さが身にこたえる。

「仕方がない。これも仕事だ。これが今のわたしのやるべきことなのだ……」

呪詛《じゅそ》のように言い聞かせていると、ペドロ3世は帽子の下から眉間に皺を寄せた。

「うるさいぞ、魔王よ。そのように心が乱れていては釣れるものも釣れない。魚はそちが思うよりずっと敏感なのだ」

「………」

魚に対する気遣いはできるのに、どうして他国の王に対する気遣いはできないのだろう？　心底疑問に思ったが、口にするのも面倒なので黙っておく。

無心で水面に反射する光を眺めていると、ペドロ3世がはっと気がついたように口を開いた。

「もしかして、そちは儂が道楽で釣りをしていると考えてはいないだろうな？」

「違うのか？」

「馬鹿者！　そんなわけはなかろう。これは視察の一環であるし、海洋生態系の調査でもあるのだ。そんなことも見抜けぬとは、魔王が聞いてあきれるわ」

「ほう？　そなたの言い分が誠であれば、『大物が釣れるまでは帰らない』という理屈はおかしかろう。もう3日も海を見ているし、魚も種類豊富に釣れている。十分なはずだ」

話の矛盾を突くと、ペドロ3世はしどろもどろになった。

「あー、これはその。……まあ魔王、そちも男ならわかるだろう。ヤスミンは魚が好きなのだ。大物を捕らえて妻の喜ぶ顔が見たいとは思わぬか？　釣れた暁にはそちにも分けてやるから、そう駄々をこねるな」

駄々をこねているのはペドロ3世のほうなのだが、やはり指摘するのが億劫《おっくう》なので呑み込んだ。

ぷちんと切れた釣り糸を取り替えながら、いちおう相槌だけ打っておく。

「ヤスミン妃は魚がお好きなのか。まあ、妻を喜ばせたいというところにだけは賛同しておこう」

「そうだろう。やはり妻が笑っていることが家庭の円満だからな。儂は家庭の中でくらいは、いい人間でありたいのだ」

「なるほど。自分が無情な皇帝であることは自覚しているのだな」

「血に塗《まみ》れた魔王に言われたくないぞ」

ああ言えばこう言う男だ、と思う。政治の手腕は見事だと認めるが、その手法はいささか極端だと言えなくもない。強引なやり方に異を唱える勢力が内紛の火種になっていると聞くし、親子の情もなくしごき上げられた皇太子も気の毒だ。

けれども、すべての国民を満足させるなど不可能に近いこともよく知っている。結局、敵のいない為政者などいないのだ。どこかに恨みを買いながらも、毅然として、時に冷酷に突き進んでいかねばならない。だからこそ、家庭の中でくらいは愛される夫でありたいのだろう。

ペドロ3世はひねくれ者だが、ヤスミン妃との関係は良好そうである。セーナと気まずい空気になっている現状を思うと、少しだけ興味が湧いた。

「夫婦仲について、他にはどのような努力をしている？」

「儂に意見を請うとは。なかなかよい心がけだぞ、魔王よ」

ペドロ3世は上機嫌で顎をねぶり、もったいぶりながら答える。

「まず手紙だな。儂はよく手紙を書くことにしている。毎日顔を合わせていても、やはり直筆の気安い手紙は嬉しいらしい」

「手紙か……」

セーナに手紙を書いてみるか？　しかし、何と書けばよいのだろう。謝罪の言葉ならいくらでも連ねられるが、今の自分たちに必要なのはそういうことではないように思える。もちろん、平時のやりとりならばぜひやってみたいが。

「あとは贈り物だな。これは何でもいいというわけではない。きちんと相手の欲しいものを選ぶことが大事だ。手配まで自分でした時など、ヤスミンは涙を浮かべて喜んでおった」

うんうんと頷きながらペドロ３世は悦に入っている。釣り糸が引いていることに気がついておらず、慌てて侍従が竿を握った。

贈り物というのは、ひねりはないが正攻法だろう。しかし困ったことに、セーナは物欲が無さすぎて活用できないという難点がある。

「それで、最後が最も重要だ、魔王よ」

ペドロ３世は言った。

「夫婦も長くなれば、いつかは諍《いさか》いが起こるものだ。そういうときは、解決を急いではいけない。その場しのぎで謝るのではなく、じっくりと問題に向き合うのだ。妻の笑顔が一番大切だと言ったが、その次に大切なのは自分自身の心だ。それを忘れてしまっては、幸せは長くは続かない」

「……！」

目の覚めるような言葉だった。

わたしの反応を見てにやりとしたペドロ3世に気がつき、さっと帽子で顔を隠す。

「……そなた、本当にペドロ3世か？　暑さのせいでまともなことしか言えなくなっているぞ」

「ふん、照れおって。長寿の魔王であるが、夫婦歴は儂の方が上であるからな。なんでも聞いて構わんぞ」

「もういい。十分だ。じろじろ見ないでくれ」

「可愛くない魔王だ。ああ、そちと話していたら魚を逃がしてしまったようだ。釣りに戻るぞ。儂はヤスミンのために頑張らねばいけないのだ」

船上は再び静かになる。

閉口するような暑さが先ほどよりマシに感じるのは、癪だがペドロ3世のおかげで道筋が見えたからだろう。わたしとセーナに必要なのは対話だったのだ。

互いに忙しい時こそ、ひとつひとつの言葉を丁寧に交わしていかなければならないことを思い知る。

焦ることはない。わたしとセーナの関係は、これくらいで揺るぐものではないはずだから。上辺だけではなく、深いところで分かり合えると信じている。

「……セーナが喜ぶような、珍しい魚を釣って帰ることにしよう」

そう考えれば、この旅行も意義のあるものに思えてくる。

愛しい妃の笑顔を思い浮かべながら、再び海上の釣り糸に目を戻したのだった。

3

常夏のイーカン島から一段と黒くなったデル様が戻ってきたのは、資料室でヘンドリック様と会話した翌日のことだった。１週間近く小旅行に出ていたことになる。ヘンドリック様に偉そうなことを言ったものの、今の私は問題が山積みだ。呪いの調査しかり、デル様との関係も微妙なまま。

戻ってからのデル様も多忙を極めている。溜まっていた持ち込み公務の消化や、皇帝の接待で予定はパンパンだ。

デル様のスケジュール表を眺めて、仕事が落ち着くまではゆっくり腰を据えて話し合うことは難しそうだと判断した。時間に追われた話し合いでは意味がない。お互い無事に目的を達成して、心身共にゆとりが出たときに向き合うのがベストだと思った。

宙ぶらりんな状態が気にならないと言えば嘘になるけれど。でも、きっとデル様も同じように思ってくれていると信じている。

帰国予定日まで残り僅か。まずはやるべきことをしっかりこなすことに気持ちを向ける。

「じゃあ、行ってくるわね。お留守番をよろしく」

目の前の水槽で泳いでいるのは、デル様が旅行のお土産にくれた珍魚だ。いつものように解剖したのち食べようかと思ったけれど、なんとなく愛着が湧いてしまって飼うことにしたのだった。ちなみに、名前はオサシミちゃんと言う。

私を威嚇するオサシミちゃんから視線を上げ、部屋を後にする。

今日は、作ってみた家系図をアイーダに見てもらうことになっている。皇妃様とアルバート公爵夫人の部分が抜けているため、何か分かりそうで分からない、もどかしさを感じる家系図だった。彼女に見せて、何か気がつくことはないか尋ねてみるつもりだ。

資料室を目指して中庭を抜けていると、遠目に見える東屋《あずまや》に見覚えのある人影がちらついた。

「……アイーダ？」

女性用の軍服にショートカットの茶髪。お城の敷地内でそのような装いをしている人物は、彼女の他に見かけたことはない。

東屋でなにをしているんだろう？　声をかけようとして進路を変えると、彼女はひとりでないことに気がつく。

樹木の影から東屋へ出てきたのは、エルネストさんだった。

「えっ。ど、どうして⁇」

私がこんなにも慌てているのは、彼らがただ会話をしているだけではなかったからだ。

アイーダは素早く周囲を見回したのち、エルネストさんに抱きついた。彼は困ったようにアイーダの頭をぽんぽんと撫でている。

すぐに身を離したものの、それは衝撃的な光景だった。盗み見はよくないと思いながらも、驚きのあまり足が動かない。

逢瀬《おうせ》はほんの2、3分のことだった。2人は二言三言言葉を交わしたあと、何事もなかったかのように別々の方向に向かって歩き出した。

「まずい、こっちに来るわ！」

アイーダの進行方向には自分がいる。慌ててその場を離れた。

資料室で作業をしている間も、先ほどの光景が頭の中に浮かんでは消えていく。

もしかしたら態度にも出ていたのかもしれない。家系図をチェックしているアイーダはふいに顔を上げ、私の心を見透かすようにじっと見た。

「セーナ様は正直者なのだな。……ここに来る前、わたしたちを見ていただろう？」

「へっっ⁉　え〜と。何のことだっけ？」

ほんとうに言い当てられた動揺でびくりと身体が跳ねる。アイーダはおかしそうにくすくすと笑った。

「正直に言ってくれて大丈夫だ。セーナ様がいることには気がついていたから。こう見えてもわたしは軍人だし、簡単な素敵だったよ」

彼女に裏表がないことはもう知っているし、表情からネガティブな感情は感じられない。どぎまぎしながら白状した。

「実は、そうなの。あなたとエルネストさんが一緒にいるところを目撃してしまったわ。ごめんなさい、すぐに立ち去ろうと思ったんだけど、驚きのあまり動けなくなっちゃって……」

「いや、わたしこそ申し訳のないことをしてしまった。セーナ様なら誰にも言わないという確信があったから、見られてもいいかと思ったんだ。見たくもないものを見せてしまって申し訳なかった」

彼女は机にペンを置き、顎の下で手を組んだ。

「エルネスト医官……エルは、わたしの想い人なんだ」

懐かしそうな表情で、思い出を愛おしむように、アイーダは語り始めた。

出会いは、彼女が初めて従軍した紛争地だったという。

訓練と違って実弾が飛び交い、鋭い剣先には猛毒が塗られている。戦場では皇女ではなくただの一軍人として扱われる。救護院に次々と運び込まれる負傷者を、アイーダは必死で仲間と手当てしていた。

「新人には、きつい現場だったよ」

そう言いながらも、彼女の顔には微笑みが広がっていた。

24時間休みなく続く看護で、未熟だったアイーダはとうとうミスをしてしまった。心身ともに消耗していたことで、指示されていた薬を取り違えて投与してしまったのだ。

運悪く反対の効能を持つ薬草だったため、患者は危篤状態に陥った。

取り乱して正常な判断ができなくなった彼女を叱咤《しった》し、どうにか患者を救命したのがエルネスト医官だった。

「当時のエルはまだ下級医官だった。腕はいいけど皆の輪に入らずいつもひとりでいたし、口調もぶっきらぼうだった。ははっ、今とは正反対だろう？　変わり者の冷たい人間だと思っていたんだけど、それはわたしの勘違いだったんだ」

鬼の形相で怒られたものの、そのあと何かとアイーダを気に掛けてくれ、戦地では平常心が何より大切だということを教えてくれたのだという。自分が自分を失ってしまっては、他人を救うことはできないと。

「エルはわたしの憧れだった。一匹狼《いっぴきおおかみ》でいるのは、もし親しくなった者が戦地で亡くなったときに悲しくてたまらないから、ということを聞いたときに、わたしは何があっても生き抜いてこの人の側にいようと思ったんだ」

まあ、初恋ってやつだろうか。とアイーダは照れくさそうに指で鼻をこすった。

　2人しか知らない昔の話。穏やかなエルネストさんは、かつてはそうではなかったということすら私には想像がつかない。互いに同じ時間を共有してきたということが、なにより貴重な宝物のように感じられた。

「エルネストさんも、アイーダのことが好きなのね」

「う〜ん。それはどうだろうか。嫌われてはいないけれど、言葉にされたことがないからわからない。ほら、わたしは兄上と結婚することになっているだろう？」

　持て余したような言葉にはっとする。そうだ、アイーダは現在進行形でヘンドリック様の婚約者だ。すると、この状況はまずいのではないだろうか。

　私の懸念を察したのか、彼女は笑顔を作った。

「大丈夫だ。婚約を破棄したり、駆け落ちしたりするようなことは考えていない。わたしは自分の役割をきちんと理解しているつもりだ。皇族は生まれながらにして相手を決められているようなものだし、覚悟はできている」

「アイーダ……」

「兄上もそうだと確信があるから口にするけれど、わたしたち兄妹の間に愛情はない。もちろん尊敬はしているけれど、それ以上でもそれ以下でもない。世継ぎをもうけ、死なないように育てること。結婚後はそれが仕事になる。だから、結婚したらエルとは会わないつもりだ」

悲壮な決意に、私は言葉を失っていた。友人としてはアイーダの恋を応援したいけれど、それが叶わぬものであることはよくわかっているし、非現実的な励ましなど、かえって不快に感じられるだろう。

「……アイーダの幸せを、心から願っているわ」

そう伝えるのが精いっぱいだった。

「ありがとう。まあ、悲観したって仕方がないんだ。好きになってしまった自分が悪いんだから」

こちらが拍子抜けするくらい、あっけらかんとしたアイーダ。

少し間をおいて、「……けれど」と彼女は睫毛を伏せる。

「自分に子供が生まれたら、どうか本当に好きな人と結ばれてほしい。高貴な血を守るためとかなんとか言うけど、血の濃さで何かが変わるとは思えない。側妃制度だってあるんだから、もうほとんど形骸化しているようなものだ」

皇族も自由恋愛が認められるようになってほしい。

ヘンドリック兄上と良好な関係を保ち、いつか相談してみるつもりだ、とアイーダは寂しそうに笑った。

◇

「申し訳ない。湿っぽい話になってしまった」

アイーダが声を改め、そういえばと明るい表情になる。

「兄上から手紙を預かっているんだ！　ああもう、これを最初に渡すべきだったのに。

集中できていないのはわたしのほうだったな」

彼女は軍服のポケットから白い封筒を取り出した。

「ヘンドリック様から、私に？」

「ああ。手紙などわたしですら貰ったことがないのに、セーナ様はどうやって兄上のお心を掴んだのだろうな？」

「もうっ！　違うわよ。まったく心当たりがないもの。いったい何かしら？」

からかうアイーダをひと睨《にら》みし、さっそく封を開ける。

——そこには願ってもない素晴らしいことが書かれていた。

「嘘でしょう。ねえ見てアイーダ！　皇妃様とアルバート公爵夫人に面会できることになったわ！」

「それは本当か!?　兄上が協力してくれるなんて、どういう風の吹き回しなんだ？」

どうやって説得したのかはわからないけれど、とにかくそこには2人の名前と、明日面会できることが書かれていたのだった。

顔が熱い。全身が火照っている。

「おふたりに聞き取りができれば、家系図の空白部分が埋まるわ。ことの全貌が見えれば、隠されていたものが明らかになるはずよ」

「どこかが引っかかる、なにかが足りないと、セーナ様はずっと頭をひねっていたからな。申し訳ない、わたしではあまり役に立てなかった」

「そんなことないわ！　アイーダが一緒に頑張ってくれたから、私も挫《くじ》けずにここまで来られたのよ」

俄然《がぜん》やる気がみなぎってくる。明日の面談が、調査の最後の鍵になるだろう。

約束を取り付けてくれたヘンドリック様にお礼を伝えるために、私はさっそく返事をしたためた。

〝ヘンドリック殿下

嬉しいお知らせを頂き誠にありがとうございます。お力添えのおかげで、調査の望みが繋がれました。

私は必ず真実を明らかにします。ヘンドリック様が、明日もその次の日も、ずっと安心して生きられるように〟

4

夕食をとったあと、もう一度資料室に向かうことにした。明日聞き取る内容を整理するためだ。

珍しく寝ることを嫌がり、甘える仕草をみせたタラも一緒だ。普段とてもお利口にしてくれているから、私に引っ付いて離れないようなときは乳母に任せず一緒にいるようにしている。背中におぶおうとキャッと嬉しそうな声を上げた。

資料室近くまで来ると、ドアから漏れる灯りに目が留まる。先客がいるのか、それとも夕方退室するときに消し忘れてしまったのか。

静かに入室すると、そこには意外な人物がいた。

「ヘンドリック様……？」

声をかけると、彼はぎくりと肩を上下させ、机上に広げていたものをぱっと横に避けた。なんだろうと思ったけれど、まずはそれよりも。

「あの、ありがとうございました！　皇妃様とアルバート公爵夫人の件。すごく助かりました」

「ああ……。いいですよ、別に」

気のない返事には、この件を掘り下げるつもりはないという意志が滲み出ていた。

ヘンドリック様はどことなく猫に似ていて、こちらから接近しすぎると離れていってしまうような緊張感がある。どういう心境で、どうやって説得してくれたのか気になるけれど、ぐっとこらえて話題を変えた。

「こんな時間に何をされているのですか？　……あれっ？　もしかして、それは」

彼が横に押しやったもの。特徴的な白い筒状の形には既視感がある。もしかしてもしかすると、人工血管じゃない？

「作ってみたんですか？　えっ、ぜひ見たいです！」

「たいたーいっ！」

「…………」

背中のタラも興味を持ったようだが、ヘンドリック様の反応はない。私と目を合わせないように視線を逸らしているけれど、そもそも見られて困るようなら資料室《ここ》で作業しないはずだ。

これはきっと見ても構わないパターンねと直感し、机の向こう側へ回り込んで覗き込む。

「うわぁ、かなり精巧に再現されていますね！　このあいだ少し見た程度なのに、よく特徴を押さえてますよ。さすがです。ねえタラ？」

「んまいっ、ぺなぁ〜！」

「……世辞は間に合っています」

「お世辞なんかじゃないですよ。実用化できるレベルでよくできてます。あれっ、ここはなんですか？　私のと構造が違うように見えますね」

ヘンドリック様作の人工血管には、私が作ったものとは異なる波状の襞《ひだ》がついていた。襞の部分は淡い黄色をしていて、うっすらと発光しているようにも見える。

「……少々、工夫をしてみたんです。堅牢《けんろう》の魔石を粉状にしたものを使って強度を高めました。しかし丈夫なだけでは体内でうまく機能しないでしょうから、開口部と襞の部分には柔靭《じゅうじん》魔石を使うことで柔軟性を担保しています。体内で使うものですから、むろん衛生面には十分な配慮を――……」

ぶつぶつと小声で説明してくれたのは驚くべき内容だった。私が更に改良したいと思っていたポイントを、彼は魔石という帝国名産品を使って鮮やかに解決していたのだから。

「天才ですか……？」

思わず口を突いて出た言葉に、彼は頬を赤らめた。

「やめてください。それとも嫌味ですか？　このようなものを思いつく王妃殿下に敵うはずがありません」

「いえ、私が発明したわけではないの。もともとあるアイデアなのよ」

そう主張したのだけれど、ヘンドリック様は頑なに褒められることを拒絶した。ほんとうに素直じゃないお方だ。

「……それにしても、魔石ってほんとうに便利ね。つくづく感心しちゃう」

人工血管を手に取って天井のランプにかざす。薄く網状に透けて見える部分が、魔石パウダーで補強したところらしい。ゴムのようにしなやかで、適度に伸縮する柔軟性も見事だ。

「一言で魔石と言っても、さまざまな種類があって付与されている魔法が異なります。加工方法によっても効果の発現が変わるので、応用範囲が広いんですよ」

彼の言う通り、帝国に来てからは行く先々で多様な魔石を見かけている。加工方法によっても効果が変わるなんて、使い方は無限大のように感じられた。

「まさに今、目の当たりにして驚いているわ。医療にも応用ができるなんて、思ってもみなかったもの」

「我が帝国には、精霊に愛された魔石や薬草といった唯一無二の資源が豊富にあります。けれど、アイデアがありません。あなたが作っていた人工血管を見て、僕はそのことに気がついたんです」

彼は私の手から人工血管を取り、穏やかな視線を向ける。

「作っていて、楽しかったんです。こうしたらいいだろうかとか、こういう機能があったら便利だろうかと一から考えて、いつの日ぶりかに胸が躍りました。……僕に与えられる仕事はいつだって枠から出ない決まりきったもので、簡単か難しいかくらいの違いしかありませんでしたから」

自分は父帝が構築した、プラーナ帝国という巨大な組織を動かす歯車のひとつでしかないのだと彼は言った。そしてそれすらも、アイーダというスペアが存在する。

オリジナルであることは必要ない。目新しい発想も求められない。ただ生きて、次々与えられる仕事をこなし、帝国を存続させていくことが皇太子というものなのだ。

プラーナ帝国に来ておよそ1か月が経ち、私はヘンドリック様を取り巻く状況と彼の心情が、ほんの少しだけ理解できるようになっていた。

資料室には、いつのまにか寝てしまったタラの規則的な寝息が流れていた。

「帝国で採れる資源を医療に融合させる。素晴らしい発想だと思いますよ」

取り組んでみてはどうですか、とは敢《あ》えて言わなかった。この言葉を彼はきっと嫌がるだろうと、今の私は知っている。

ヘンドリック様は眉間に皺を寄せ、喘ぐように言った。

「死について思い悩んでばかりいたせいか、気がついたら生についての考えばかりが浮かぶんです」

「……はい」

「一日一日生きるごとに、その執着は大きくなっていくんです。物心つく前に死んでいればそんなことはなかったと思うのに、多くの物事を知るにつれて生に囚われていくんです。そしてまた、死へと考えが転換していく。この繰り返しが僕の人生だ」

「世界は広く、未知なるものに溢れている。そのことに気がつくことは幸福でもありますが、見方を変えれば不幸でもあるのかもしれませんね」

「そう。まさにその通りなんです」

彼は救済の光を見たかのように、泣きそうな顔を私に向けた。

「皇族の男子は死ぬばかりでしたが、僕でも誰かを救うことはできるんでしょうか？」

その声は潤んでいて、込み上げるものを必死に堪えているようだった。

彼が向けてくれる真剣な表情と、今にも涙がこぼれそうな瞳を見ていると、私まで目頭が熱くなってしまう。

彼は必死に生きている。死から逃れようと足掻《あが》き、苦しみ、そして己が生きる意味を懸命に見出《みいだ》そうとしている。

だから今度は、敢えてこう答えるのだ。

「きっとできます。ヘンドリック様は誰よりも自分の人生に、そして命の生き死にに向き合ってきたんですから」

その言葉に、彼は泣きそうな笑顔で応えてくれた。

初めて目にするその表情は、触れたら壊れてしまいそうなくらい儚く美しいものだった。

私は心の中で、ヘンドリック様の未来が明るく鮮やかなものであるようにと、ありったけのエールを送ったのだった。

5

「お忙しいところ、お時間を作ってくださってありがとうございます」

勝負の日がやってきた。約束の時間5分前に皇妃様の部屋に到着すると、すでにアルバート公爵夫人と歓談をしていた。おふたりは義理の姉妹だから、日頃から交流があるのだろう。

公爵夫人は御年44歳。栗色《くりいろ》の長い前髪を側頭部へ編み込みで流し、後ろ髪はたっぷりとウエーブさせている。すらりとしてスタイルがよく、肌もつるんとした陶器のような質感だ。美魔女とはこのような方のことを指すのだろうと感心すると同時に、兄である皇帝とはまったく似ていないと思った。

お互いに礼を交わして着席すると、２人のほうから話を切り出した。

「最初に王妃殿下にお返事を差し上げた通り、あたくしたちも気乗りはしていないのです。けれども、皇太子殿下直々に泣きつかれてしまっては、お断りできませんわ。どうかお気を悪くなさらないで」

「あのように腰の低い殿下は初めて拝見しましたわね。でも、お気持ちはわかりますわ。わたくしたちも子や孫をなくしていますから。ヘンドリック殿下には同情しておりますのよ」

口々に述べ、「それで、王妃殿下はなにをお知りになりたいのかしら」と私に目を向けた。

「急なお約束で、あまりお時間もないと伺っております。単刀直入に申し上げますと、亡くなったお子様を含め、ご家族のことについて教えていただきたいのです」

家系図を作ってみて、まだぼんやりとしたものではあるけれど、ひとつの可能性が私の頭の中には浮かんでいた。今日はそれを確信に変えるために来たと言ってもいい。

「まず、皇妃殿下。５歳のときに亡くなった双子のお子様ですけれど、乳歯が抜けた際の出血が止まらなかったそうですね？」

尋ねると、皇妃様は顔色を悪くしながらも、ゆっくりと頷いた。

「そうなのです。実は、ミハールとオリバーはもともと内出血しやすい体質で、乳児のころから度々アザをつくっておりました。けれども男の子ですから、やんちゃしてアザをつくるくらいは普通だと思っておりました。それが甘い考えだったと言わざるを得ないのですけれど……」

苦しそうに言葉を詰まらせる皇妃様。唇を真一文字に引き結んだ公爵夫人が、そっと彼女の肩を抱いた。

「お辛いことを思い出させてしまってすみません。差し支えなければ、当時の状況について教えていただけますか？」

「ええ。今日はもう、全てお話いたしますわ。ですが、どうかこれっきりにしてください」

皇妃様は長い金色の睫毛を伏せ、憂いに満ちた表情で語り始める。

「ミハールとオリバーの歯が抜けるのは、あれが初めてのことだったのです……」

まだ幼かった殿下たちは歯がぐらついてきたことに恐怖を覚え、怖い怖いとパニックを起こし始めた。何日もそういう状態が続くものだから、皇妃様は医官らと相談して、一思いに抜いてしまうことにしたのだという。

「異国で行われている、糸を結んで引っ張るということを試してみたのです。簡単できれいに抜けると聞いておりましたし、双子もそれなら怖くないと喜んでおりましたから……」

けれどもそれが大きな間違いだった、と皇妃様は声を震わせる。

歯は抜けたものの、後日明らかになったことには、歯茎を深く損傷してしまっていたのだという。出血しやすい体質もあって、殿下たちにとっては致命傷になってしまった。

「ですからアイーダのときは、自然に抜けるまで待つようにと厳しく言い聞かせました。もっとも、あの子は生まれつき健康そのものでしたけれど……」

「歯を抜いただけでそのようなことになるなんて、誰も思いません。皇妃様のご責任ではないと、私は思いますよ」

皇妃様はずっと自分を責め続けている。子供を亡くす苦痛は私にも想像が及ぶものではあるけれど、その痛みがどれだけ鋭く激しいものであるかは当人にしかわからない。

「貴重なお話を聞かせていただき、ありがとうございました」

深く頭を下げると、皇妃様は努めて明るく振る舞った。

「不思議ね。話してしまうと、なんだかすっきりした気がするわ。こちらこそありがとう、セーナ殿下」

けれども、言い終わるのとほとんど同時に涙が頬を伝った。「まあ、ごめんなさい。やだ、あたくしったら。どうしたのかしら」と皇妃様自身も戸惑うなか、ドレスに落ちる染みの数と、部屋に響く嗚咽《おえつ》はだんだんと大きくなっていく。

亡くなった人について触れることはタブーとされる、帝国の精霊信仰。皇妃様が胸の奥に押し込めてきた悲しみが、少しだけ解放されたのかもしれなかった。

ハンカチを渡したり、気持ちが落ち着く飲み物を持ってきてもらったり。皇妃様が自分を取り戻すのを待って、次はアルバート公爵夫人に問いかける。

「夫人のお父様、つまり先代の皇帝陛下についてお伺いいたします。陛下は皇家の呪いとは無縁の生活を送っていたのでしょうか？」

「父ですか？　父はわたくしがデビュタントした年に崩御しましたけれど……。そうですね、よくよく考えてみれば、身体はあまり丈夫ではなかったように思います。先ほどの話で思い出したのですけれど、それこそミハール殿下やオリバー殿下のように、怪我をするとなかなか血が止まらない、ということがよくありました。それで母はいつも気を揉んでいましたから」

「お怪我をすることが多かったのですか？」

「父は根っからの軍人だったのですよ。家庭を持つ前から血の気が多かったそうで、即位後も紛争が起こると、周囲の反対を押し切って自ら出向いて指揮をしておりました。体格自体はがっしりとしておりましたし、病弱というより勇猛果敢だったイメージが強いですわね」

机の上に広げた家系図に目を落とす。

「お亡くなりになったのは……39歳とまだ若いですね。原因はわかりますか？」

「戦地での骨折をこじらせたようです。負傷後は安静にしていたらしいのですが、患部がアザになってどんどん腫れていき、治ることなく精霊神のもとへ行かれたと」

「そうでしたか……」

話を聞く限り、腫れてアザになったというのは皮下で出血があったということだ。骨折による出血が死因とみていいだろう。

家系図に素早く書き込みをする。頭に浮かんでいた不明瞭な仮定が、しだいにはっきりと形を摑めるようになってきていた。

「公爵夫人は、先ほどお孫さんも亡くされているとおっしゃいましたね。男の子ですか？」

「ええ。わたくしにはふたり子供がおりまして、長男は生後すぐに精霊神のもとへ呼ばれ、孫を産んだのは長女のほうです。わたくしの夫は遠縁ですけれど皇族ではありませんし、長女は単なる公爵家の令嬢ですのに……。わたくしの血が影響しているのでしょうか。ほんとうに、忌々しい血統ですわ」

わたくしの血、という部分で、頭の中に稲妻が走ったような感覚がした。

皇家の呪いは見かけ上男児のみに起こっているけれど、その血統を運ぶのは誰だ？

議会長の言葉が呼び起こされる。『もしかしたら呪いは皇族男児に限ったことではないのかもしれない、と考えたことがあります』――。

脈々と受け継がれる皇家の血統。伝統的に行われる近親婚。呪いを運ぶのは人間であり、それはつまり。

雷に打たれたように固まる私に、２人は怪訝な顔をする。

「あのっ！　もうひとつだけ教えていただけないでしょうか」

はやる気持ちを抑えながら、食らいつくように尋ねる。

「前帝陛下には側妃様がいらっしゃいましたよね。皇族ではない、血縁関係のないお方だと聞いておりますが」

「ええ。近い人間と関係を持つことは母が嫌がりましたので、平民から大商家の娘さんが選ばれました。仕方のない事情がありましたけれど、母は父を愛しておりましたから」

「そのお方も、わきまえておられる賢い方でしたわよね。陛下が亡くなった後は、正妃でいらした皇太后様に遠慮をして、ご実家の近くに居を移しましたもの。お元気にされているかしら？」

「その側妃様の子供に、亡くなった方はいらっしゃらないですよね？」

断定する言い方に、２人は驚いたようだった。

「そういえばそうですわね。男の３兄弟だったかしら。皇家の血を引いているのに、珍しいことだわ」

「どうしてお分かりになりましたの？　あたくしたちですら、あちらの家系のことはよく知りませんのに」

私の仮定が正しければ、死ぬわけがないのだ。

呪いの全貌を、私ははっきりと把握した。

「おふたりとも、本日はありがとうございました！　お話のおかげで呪いの真実が明らかにできそうです！」

高ぶりを抑えきれず叫ぶと、彼女たちは淑女の仮面を剝いで目を丸くした。

「それは本当!?　いったいどういうことなのか、早く説明してちょうだいな」

「考えを整理してからお伝えしたいので、1日お時間をください。皇帝陛下の了承が得られれば、すぐにでもご説明に伺います」

「わかったわ。今の話で何が明らかになったのか、あたくしたちにはさっぱりだもの。でも、役に立てたならよかったわ」

皇妃様の部屋を辞した私は、人目もはばからず全力で走り出した。驚いた護衛のロシナアムが後ろのほうで何か言っているけど、それすらも気にならないくらい心は圧倒的に晴れやかだ。

「見つけたわ！　ああ、どうしてこんなに時間が掛かってしまったのかしら。家系図はずっと私に呼びかけていたというのに！」

あっという間に緑あふれる中庭に到達する。帝国の空は今日も澄み切って底抜けに青い。雲の下には鮮やかな鳥が飛び、花々の爽やかな芳香が優しく風景を包み込む。

俯《うつむ》いてばかりいたヘンドリック様は、この世界の美しさを知っているだろうか。

明日からは、彼は上を向いて、間違いなく生きていける。

胸に渦巻く喜びは身体を突き抜けて、広い広い空に昇っていった。

6

帝国到着の翌日に訪れた謁見の間。

滞在の最終日にまた来られた感慨にふける余裕もなく、ずらりと並んだ皇族や重臣たちを前にして、私は緊張とも興奮ともつかない初めての感覚につつまれていた。

「大丈夫だ。そなたの話はきっと皆に伝わる」

「ありがとうございます、デル様」

デル様は向こう側に座らず、私の近くにいてくれた。結局、彼と改めて話をすることはできていないのだけれど、いつもと変わらず寄り添ってくれていることに心から感謝した。

「では、始めたまえ」

椅子にふんぞり返る皇帝の横には、そわそわと眼鏡を触り、不安を隠しきれない表情のヘンドリック様が佇《たたず》んでいる。

昨日、呪いの謎が解けたことを皇帝に報告したところ、子細は聞かれずに「では明日、皆の前で報告してほしい」と仰せで、本日のこの場が設けられた。したがって、集まった皆さんはどんな話が始まるのかと緊張した面持ちで座っている。

「結論から申し上げます。皇家の呪いの正体は、血友病という遺伝病です」

どよりとざわめきが上がる。首をひねる議会長に、顔を見合わせる皇妃様と公爵夫人。

「皆の者、静粛に。……血友病？　聞いたこともない言葉だ。そちは呪いではなく、病だというのか」

皇帝が厳かに問うた。

「その通りです。皇族の男性方を襲っていたのは呪いなどではなく、血筋を通して遺伝するものだったのですから」

血友病は、血液を固める凝固因子の働きが不十分であることが原因だ。性染色体であるX染色体に変異がみられ、遺伝することが知られている。

X染色体に異常があるということはどういうことか。答えは単純で、XYの性染色体の組み合わせを持つ人間、つまり圧倒的に男性が発病しやすいということだ。

女性の性染色体はXXであり、どちらか片方のX染色体に異常が乗っていても、もう片方の正常なX染色体が働きを補うことができるので、致命的な展開には至りにくい。

「染色体？ なんだそれは。見たことも聞いたこともないものを、そちは信じろと言うのか」

「陛下がお疑いになるのももっともです。ですから、血友病だという結論に至った証拠をお見せいたしましょう。こちらの家系図です」

大きな机の上に家系図を広げる。皇帝が腰を上げると、他の皇族や重臣たちもぞろぞろと机のまわりにやってきた。

「皇太后様以降の世代を書き出しています。これを見るとすでに遺伝が始まっていますので、原因となる遺伝子異常を発したのはもっと上流の世代だと思われます。呪いはおよそ100年前に始まったことを踏まえると、そのころの皇族のどなたかが遺伝子変異を起こしたと考えるのが自然でしょう」

「王妃殿下の言う、染色体について詳しく教えていただけませんか？ これを見ただけでは、よく理解ができません」

戸惑い声で発言したのはヘンドリック様だ。

「そうですね、すみません。……まず、染色体というのは、遺伝情報が詰まったものと考えてください。要はひとりの人間を構成する設計図のようなものです。基本的には常染色体というものが44本、性染色体が2本。計46本からなっています」

血友病に関係してくるのは、このうち性染色体のほうだ。

「先ほどお伝えした通り、性染色体にはXとYの2種類があります。男性はXY、女性はXXの組み合わせを持っています。これを基本に考えていきますよ」

家系図の余白に『男性　XY』『女性　XX』と書き出していく。

「通常、子供には両親からひとつずつ性染色体が引き継がれます。父親からY、母親からXを引き継げばXYで男の子に。父親からX、母親からもXを引き継げばXXで、生物学的には女の子になるというわけです」

「なるほど。血友病の原因はX染色体にあるから、それをひとつしか持たない男児が病気になりやすいということは得心しました」

議会長が頷いた。その隣にいるアイーダは両手で頭を抱えていて、早くもついてこれなくなっているように見える。……大丈夫かしら？

「王妃殿下の話ですと、男児の場合、原因となるX染色体は必ず母親から引き継がれることになりますね。それはつまり、母親が保因者であるということですか？」

ヘンドリック様が鋭い指摘をした。

「その通りです。仮に父親が正常で母親が保因者の場合、産まれる男児は50％の確率で血友病の罹患者になり、女児は50％の確率で保因者になります。逆に言えば、父親が罹患者でも、母親が正常であれば、遺伝による男児の罹患者は産まれません」

話の核心に迫っていく。１００年にもわたって血友病がプラーナ帝国の皇家に蔓延《まんえん》したのには、決定的な要因があった。

「今日まで継続的に罹患者が発生しているのは、近親婚が原因でしょう。血が濃くなればなるほど原因遺伝子を受け継ぎやすくなることは、今の説明で理解いただけるかと思います」

高貴な血を守るための近親婚。けれどもそれは、皮肉なことに病気も次代に受け継がせてしまっていたのだ。

謁見の間は静寂に包まれていた。

息を呑む小さな音、目を見張る人、腕を組んで考え込んでいる人。表情を見渡す限り、信じてくれている人と疑っている人は半分半分といったところだ。

——静けさを破ったのは、皇妃様の悲壮な声だった。

「あたくしたちの血が、子供の命を奪っていたのですか……？」

寄り添うように立っているアルバート公爵夫人の顔色も蒼白《そうはく》だ。

「妃となったからには子を産まないと、と思って務めてまいりましたが、悪魔のような血を受け継がせていたなんて。自分が憎らしくてたまりませんわ」

「亡くなった息子だけでなく、生きている娘にも因果を背負わせているなんて。ああ、どうしたらよいのでしょう……！」

「精霊神様、どうぞお許しくださいませ」

皇族女性たちの間に動揺が広がってゆく。ざわめきは次第に大きくなり、場は混迷していった。

すると、ひとりの女性が進み出る。年嵩《としかさ》だけれど、かっちりと結い上げた白髪は銀色に近く、どこか神々しい。色とりどりの宝石が埋め込まれた深紅のドレスを着こなし、端厳たる佇まいだ。

「そなたらは立派に務めを果たしている。責められるべきはこのわたしだ。呪いと向き合うことをせず、結果として病を広げることとなってしまったのだから」

ずっと沈黙していた皇太后様が厳かに述べた。低く重たい声は謁見の間によく通り、その場にいる人間の心を不思議と落ち着かせた。

皇族女性たちは一様に俯き、静かに目元を拭う。

胸が痛かった。なかにはこんな真実は知りたくなかったという人もいるだろう。

「……………儂は、そのような戯言《たわごと》は信じない」

皇帝だった。恰幅のよい身体がわななき、締まった喉から地獄の底のような声が絞り出される。

「では、今一度ご説明をいたしましょう」

「要らぬ！　なにが染色体だ。そのようなものは机上の空論でしかないだろう。そちはシネルギ草欲しさに出まかせを申しているに違いない！」

彼は不快感を露《あら》わにし、たっぷりとした口髭の下を歪めて叫ぶ。

「口が過ぎるぞ、ペドロ3世よ。我が妃を侮辱することは何人たりとも許さぬ」

すかさずデル様が割って入るけれど、皇帝の憤りはおさまらない。

「儂は認めぬ。認めぬぞ！　皆の者、騙されてはならぬ！」

謁見の間に響き渡る怒号。場はしいんと静まり返り、誰もが満面朱をそそぐ皇帝の二の句を待っていたとき。

「陛下！　緊急事態でございます……っ！」

緊迫した声とともに飛び込んできたのは、皇妃様付きの近衛だった。激しく息が上がり、今にも酸欠で倒れそうな顔つきだ。

「なんだ騒々しい。後にせよ。今はそれどころではないのだ」

皇帝は近衛を一瞥《いちべつ》し、再びこちらに向き直る。見放された近衛は皇妃様に顔を向け、必死の形相で叫んだ。

「イオ殿下が！　イオ殿下が危篤状態でございます！」

「……なんですって!?」

「イオが!?」

顔色を変えたのは皇妃様とアイーダだ。イオ殿下というのは、確か皇妃様の末息子であり、アイーダの実弟だ。まだ1歳になったばかりと聞いていたけれど、急に危篤とはいったいどういうことだろうか。

すぐに報告の場は解散され、皇帝とヘンドリック様、そして皇妃様とアイーダとともにイオ殿下の部屋に駆け付けると。

床に横たわる小さな身体は、鮮血に染まっていた。

7

帝国の青い空を思わせる、水色を基調とした可愛らしい子供部屋。その世界一平和な空間には、今やまったく似つかわしくない、目を背けたくなるほど痛ましい光景が広がっている。

「イオ！　イオ！　ああ、目を開けて。どうしてこんなことに……！」

「申し訳ございません！　申し訳ございません！　ほんの一瞬目を離してしまった間に、お椅子から転落して頭をお打ちになりました！」

真っ青な顔で狼狽《うろた》えているのはイオ殿下の乳母だろう。殿下の小さな額には5㎝ほどの生傷がある。転落した際に何かの角にぶつけたのだと思われ、鮮血が絶え間なく流れ出ていた。

　先に駆け付けていた医官——エルネストさんが必死に止血を試みているけれど、傷口を押さえる白い布はあっという間に赤く染まっていく。イオ殿下の身体は脱力していて、泣くこともなくすでに意識は失われていた。

「うぅっ……！」

「ヤスミン！　どうしたのだ、しっかりせよ！」

　苦悶《くもん》の呻《うめ》き声を残して皇妃様は卒倒した。とっさに抱き留めた皇帝は、慌てふためいてどうしていいかわからないといった表情だ。

「母上は大丈夫だ。それよりイオの手当てを！」

　凛としたアイーダの声。私はエルネストさんに向き直る。皇妃様は衝撃のあまり気を失っただけで、緊急度は圧倒的にイオ殿下のほうが高い。

「エルネストさん。イオ殿下は血友病といって、出血が止まりづらい病気の可能性があります！」

「王妃殿下！　血友病？　聞いたことのない病名ですが……」

「詳しくご説明する時間がないので、信じていただくよりほかないのですけど。とにかく治療にご協力いただけませんか？」

　眉間に皺を寄せたエルネストさんは、判断に困ったようで皇帝のほうを見た。皇妃様を抱える皇帝は渋い顔で黙りこくっていて、いいとも悪いとも言わない。

エルネストさんも、事は一刻を争うと理解している。皇帝の煮え切らない様子を受けて、とにかく救命を優先することにしたようだった。

「…………わかりました。王妃殿下は治療方法をご存じなのですね？　指示をいただけますか？」

「ありがとうございます！　では、イオ殿下の上体を起こして患部を冷やしてください。圧迫止血は途切れさせないでくださいね」

「エル、わたしが冷やそう」

準備するエルネストさんの横にアイーダが入って補助を始める。軍の看護部隊に所属する彼女は冷静を保っていて、とても頼もしく見えた。

血友病に対する治療。医療の進んだ現代の日本では、不足している血液凝固因子を補うということが行われるが、帝国にそんな製剤は存在しない。

――いいえ、存在するかも？

帝国には未知なる薬草があふれている。もしかして、血液を凝固させる働きを持ったものがあったりは――？

「エルネストさん。血液を固めるような作用を持った薬草はありますか？」

「いいえ、そういったものはありません。そのように素晴らしい秘薬があったら双子の殿下たちもお救いできたのですが」

圧迫止血するエルネストさんが声だけで答える。

「そっ、そうですよね。失礼しました」

そうだ。あるなら命を落とす皇族はずっと少なかっただろう。

であれば、選択肢はこれしかない。

「輸血です！　今から輸血をしましょう！」

「輸血？　それはなんでしょうか？」

「血友病でない人の血液をイオ殿下の体内に補充します。正常な血液には凝固成分が含まれていますから、出血が改善するはずです」

「たっ、他人の血液を入れるだって⁉　それはならない。皇族の高貴な血が……」

弱弱しく、しかしはっきりと拒絶を示したのは皇帝だった。

「……陛下。お言葉ですが、そんなことを言っている場合ですか？」

不敬だと誹《そし》られても構わないと腹をくくったからか、冷ややかな言葉が口を突いて出る。

私は正直なところ、この皇帝にいらつきを感じ始めていた。利己的だし、傍若無人だし、自分の考え方以外はすべて間違っていると信じて疑わないところが手に余る。為政者としては優秀なのかもしれないけれど、どうにも好感が持てなかった。

今すぐに輸血をしないとイオ殿下は間違いなく死んでしまう。そのことをわかっているのだろうか？

「陛下。イオ殿下の命が懸かっています。出血量も多いですし、失った血液を補充できるという意味でも輸血は有効かと存じます。どうぞお考え直しを」

エルネストさんが口添えしてくれる。

「そっ、そもそも！　他人の血を入れるなど、そんなことをしたら、かえってイオの容態が悪くなるのではないか？　上手くいくはずがない！」

「父上。王妃殿下はブラストマイセス王国の筆頭薬師です。嘘をおつきになる理由がありません。輸血なるものをしていただきましょう」

「セーナ様は毎日必死で呪いの調査をしていたんだ！　我が帝国を救うためにどれだけの努力をなさっていたか、父上にもお伝えしていただろう！」

ヘンドリック様とアイーダが進言しても、頑固な皇帝はいまだ歯を食いしばっている。

——皇帝は、いったい何を恐れているのかしら？　しきりに皇家の血が、と言っているけれど、それは命よりも大切なものなのだろうか。

私には、彼の言動がまったく理解できなかった。

8

刻々と命のリミットが迫る。じりじりしていると黒い背中が私の前に進み出た。

「ペドロ3世よ。そなたは畏怖しているのだな？　自分の責で、皇家の習わしを変えてしまってよいのだろうかと」

デル様が迷いのない調子で問うと、はっとして皇帝が顔を上げる。

「……魔王よ」

「そなたは道楽者だが、一方でこの国を善く治めている。そなたのつくった国の仕組みをみれば、古来の伝統を尊重しているのは一目瞭然だ。そなたは必死に生きてきたこれまでの皇族男児……歴代の皇帝たちが守ってきたものを、同様に受け継がせてゆきたいのではないか？　だから呪いを解きたいと思う傍らで、伝統に反する事柄を忌避している」

単なる伝統の尊重ではなく、そこには先祖たちへの畏敬の念が含まれているからだとデル様は言った。いつ死ぬか分からない恐怖と懸命に戦ってきた、自分と同じ境遇の先祖たちへの。

「そちにそのようなことを言われるとは。ずいぶん儂のことを知っているようだな？」

　こんなときでも皇帝のつむじは曲がっている。大事そうに皇妃様を抱えながら、精一杯の虚勢を張った。

「違うのか？　わたしも一国を治める王の端くれだし、ここ1か月は不本意ながらそなたと多くの時間を過ごしてしまったので、嫌でも得心してしまったのだ」

　にやりとデル様は含み笑いをしてみせる。彼と皇帝のやりとりを目の当たりにするのは初めてだけれど、思っていた以上に気安いことに驚く。

「ひどい言われようだ。儂の苦悩がそちにわかるはずがない」

「ああ、その通りだ。分からぬし、分かったところで決定を下すのはそなただ。けれども、これだけは言わせてほしい」

　そこまで言ってデル様は表情を引き締め、射貫《いぬ》くような瞳を皇帝に向ける。

「失われた命は二度と戻らぬ。しかし、伝統はそうではないであろう？　守ることも肝要であるが、状況に応じて柔軟に形を変えることもまた必要だ。そしてそれは、先祖への冒瀆《ぼうとく》にはあたらぬ。そなたも本当は分かっているはずだ。呪いの解明を指示したぐらいなのだから、このままではいけないと思っているのだろう」

「…………」

「そなたの先祖が恐れたものを、そなたの代で断ち切るのだ。どうか言を聞き入れてはくれぬか。……我が友よ」

最後の一言に、皇帝は明らかな反応を示した。絨毯を睨みつけていた顔を上げ、信じられない物でも見たかのような目を向ける。

「今、なんと？」

友よと言ったのだ、とデル様が繰り返すと、皇帝は頭のてっぺんまで赤くなった。

「わっ、儂は！　そちを友だと認めていない！」

「分かっている。けれどもわたしは、そなたを友だと思うことにした。だからここまで立ち入ったことを言っているのだ」

「むっ、無茶苦茶だ。そんな都合のいい理論があると思わないでくれたまえ」

唾を飛ばしながらも、彼はどこか嬉しそうだった。

デル様の言葉で場の流れが変わってきている。そのことは誰の目にも明らかだった。

「ペドロ3世よ。時間がない。決断せよ」

デル様が畳みかける。思案に沈む皇帝の面持ちからは、彼の中で答えは決まっているようにみえた。

そしてついに、静かな部屋に待ち侘《ま わ》びた言葉がこぼれ落ちる。

「…………輸血せよ」

「……！　ありがとうございます、陛下。至急取り掛かります！」

「その代わり必ずイオを助けるのだ。よいか、絶対にだ！」

「全力を尽くします。エルネストさん、やりましょう」

皇帝は大仕事を終えた直後かのように、がくりと膝をついた。デル様が彼の側に立ち、私に「こちらは問題ないから進めよ」という目線を送る。

彼の助け舟に感謝しながら、私はロシナアムが持ってきてくれたブラストマイセスの医療セットを開き、血液型の測定器を取り出した。

「血液にはいくつかの型があります。イオ殿下と適合する人しか輸血はできません。今からこちらを使って調べますね」

数年前までは昔ながらの方法で検査していたのだけれど、この『吸血鬼《ヴァンパイア》式血液型測定器』ができてからは数秒で結果がわかるようになった。

「こちらが、ブラストマイセス王国ならではの魔片具ですか？」

ヘンドリック様が興味深そうに尋ねる。

「はい。魔族に吸血鬼さんという一族がいるんですけど、その方々は瞬時に人間の血液型がわかるんですね。研究の結果、牙に判別の能力があることが判明しまして。生え変わって不要になった乳牙を使ってこの測定器を開発しました」

測定器は棒状になっていて、検査したい血液を滴下すると、それぞれの血液型に応じた小窓に印が浮き上がるようになっている。

「では皆様。すみませんがほんの少しだけ、指に傷をつけさせていただきます」

検査の結果、イオ殿下はB型。皇帝がA型で、アイーダと乳母さんはB型、ヘンドリック様はA型。エルネストさんはAB型ということがわかった。ちなみに私はもともとO型だったのだけれど、不老不死になった後に測定したところすべての小窓に印が出現し、判定不能になってしまっている。

「イオ殿下に輸血ができるのは、アイーダとイオ殿下の乳母さんですね。どちらかご協力いただけませんか？」

言い終わる前にぴんと伸びた腕が挙がる。アイーダだった。

「わたしの血を使ってくれ！　弟のためならば、いくらでもとってくれて構わない！」

「アイーダ。志は立派ですが、大丈夫なのですか？」

エルネストさんが心配そうな視線を向ける。輸血という初めての治療の当事者になることを憂慮しているようだった。

アイーダはにかっと笑い、ぽんと胸を叩く。

「平気だ。わたしは今まで、父上や兄上の苦しみをただ見ていることしかできなかった。自分ばかりが健康で申し訳ないと、歯がゆく思っていたんだ。だからわたしの血が役に立てるというのならぜひ立候補したい。それに、わたしならば血統を気にされる父上の懸念も少しは晴れるだろう。大丈夫。初めての戦地でエルに叱られたときに比べれば、何ということはない」

「……。真っ直ぐなあなたらしい考えですね」

ただの少しも気後れしていない言葉に、エルネストさんはふっと表情を緩ませる。

皇帝とヘンドリック様は、初めて耳にする彼女の気持ちに胸を突かれたような表情をしていた。

「ありがとう、アイーダ。あなたはほぼ大丈夫だと思うけれど、念のため血液に問題がないかどうか検査をしてから輸血に入りましょう。さあ、急ぐわよ」

簡易検査の結果、彼女の血液凝固能は正常であることが確認された。

エルネストさんによって採血が開始され、すぐにイオ殿下に輸血が行われる。

何度か採血と輸血を繰り返すうちに、イオ殿下の額に乗せられた白布を染めていく赤の勢いが弱くなる。

「殿下の出血が改善してきました！　アイーダ、頑張るのですよ」

「ありがとう、エル。なんだかふわふわしてきたよ。妙な感覚だ」

健康的なアイーダの顔色がやや悪くなってくる。エルネストさんは、励ますようにぎゅっと彼女の手を握った。

採血可能な量のほとんど上限量を採ったところで、とうとうイオ殿下の出血は止まったのだった。

9

「呪いの正体が血友病であるという結論を、我が帝国として正式に受け入れよう。そこでそちには、しばらく我が国に留まって治療薬を開発していただきたい」

「恐れ入ります陛下。今、何とおっしゃいましたか？」

思わず耳を疑うような発言を聞いたのは、その晩のことだった。

イオ殿下の処置を終え、容態が安定したところでいったんは解散となったものの、私とデル様はほどなく皇帝の執務室に呼び出された。このせいで、またもやデル様との対話が先送りになってしまったことは言うまでもない。

昼から行われた呪いの解決報告に、イオ殿下の治療。どたばた続きの1日の最後にかかった呼び出しに、私はすごく嫌な予感がしていた。

そういう嫌な予感ほど当たる理由を、誰か教えてくれないかしら？

窓の向こうに見える大火山を眺めながら考えていたけれど、不自然な咳払いで我に返り、執務椅子にふんぞり返る皇帝に視線を戻す。

「そちはブラストマイセス王国の筆頭薬師なのだろう？　親善に来ておきながら、このまま我が一族を見捨てるつもりか？」

「滅相もありません。ブラストマイセスに帰りましたら、治療薬を開発してお送りするつもりでしたよ、最初から」

「我が妃はそなたと違って慈悲深いのだ。口を謹め」

いよいよ口調に遠慮がなくなったデル様。

小馬鹿にされた皇帝だけれど、相手がデル様となるとやはり嬉しそうなのだ。にやりと意地の悪い笑みを浮かべる。

「まあそう言うでない、魔王よ。昼から少々考えたのだが、儂はそちを誤解していたようだ。そちはこれまでわたしに遠慮するばかりであったが、今日初めて心の内を伝えてくれたな。それは存外、気分のよいものだと気がついたのだ」

だから、そちを友だと認めよう。と皇帝は宣言する。

「……そちのほうから友だと言われて、悪い気はしなかった」

続けて呟いた皇帝は、不思議と普通の人にみえた。椅子にふんぞり返りって偉そうな態度に違いないのだけれど、意地悪でも偏屈でもなく、ほんとうに友達がほしかったのねと——そんな風に感じさせる一つまみの物寂しさがあった。

デル様は、やれやれと口を開く。

「では、友よ。わたしと妃は、魔石とシネルギ草の輸入許可を携えて予定通りに帰国しようと思う。そなたのように暇ではないのだ」

これ以上我儘《わがまま》に付き合っていられないと話を切り上げるデル様だけれど、皇帝も引き下がらない。

「帰国して治療薬を送るという保証がどこにあるのかね？　そのまま素知らぬふりをされるのではないかと儂は心配しているのだ。王妃は我が息子や娘とずいぶん交流があったと聞く。あれらを助けてやってはくれないか？」

いやらしい言い方だった。

人の良心に付け込むような、断ったら私に非があるような方向へ皇帝は話を誘導し始めている。これはまずいと直感し、全身に緊張が走る。

はあ、とデル様が疲れたようにため息をついた。

「……セーナ。帰国後は仕事が詰まっているのか？」

「さっ、サルシナさんがいますから、スケジュールを調整すれば私自身は血友病治療薬に専念できると思います。帝国で取り組めないわけではないんですけれど、私ひとりでは時間が掛かりすぎてしまうと思います」

「では、助手が確保できればそなたの憂いは解決するか？　こちらに来てからも忙しかったであろう。体調は平気か？」

「はい。研究だったら私の本業ですので、むしろ俄然やる気が湧いてきますが……。と言うより、デル様のほうが大変じゃないですか？　1か月も滞在が延びたら、戻ったときに天井まで書類が積まれた光景を目にすることになりますよ」

1か月という時間を捻出するのにも相当な苦労があったくらいだ。それが倍となると、執務の溜まり具合は恐ろしいことになってしまう。

けれどもデル様は、「そうか、分かった」とだけ言って私の頬を撫で、にやりと何か企《たくら》んだような笑みを浮かべた。

「ペドロ3世よ。そなたの性根の悪さにはもはや驚かぬ。わたしも妃の名声に下らぬ傷がつくことは望まないから、提案を受け入れよう」

「おお、魔王は話が早いな。では王妃よ、よろしく頼みましたぞ」

したり顔をする皇帝に、デル様は毅然とした態度で言い放った。

「しかし、その代わりにそなたは何をもたらしてくれると言うのだろう？　確か、呪いの調査の対価が輸出許可であったな。では、治療薬の対価は何だ？」

「対価、だと？」

皇帝は虚を突かれたような顔をした。

「プラーナ帝国の皇帝ともあろう者が、対価もなしに一国の王妃に頼み事をするのか？なんと世間知らずな国なのであろう」

嘆かわしい、とデル様がため息をつくと、皇帝は気色ばんだ。

「魔王よ！　口が過ぎるぞ！　対価が欲しいだと？　もちろんだ。儂にできぬことなどない。希望があるのなら何でも申してみよ！」

「今の言葉、ゆめゆめ忘れるな。こちらの希望は――」

不敵な笑みを浮かべ続けるデル様は、そこまで言って私の顔をちらりと見た。そして再び茹《ゆ》でだこのように顔を真っ赤にする皇帝に視線を戻す。

「近親婚の撤廃だ。皇族に自由恋愛を開放せよ。当該方針の公布をもってして、我々は治療薬の開発に取り掛かろう」

「…………!!」

ぐっと胸が詰まったような表情をする皇帝。

代々受け継がれてきた伝統を大切にする彼にとって、高貴な血を守るための近親婚の廃止は、重大な決断に違いなかった。

けれども同時に、近親婚が原因で今日まで血友病が続いてしまったという事実もある。継続か撤廃か。どちらが正解なのかは火を見るより明らかだった。

「……魔王め。やはりそちは食えない男だ。やむを得ん。要求を呑もうではないか」

皇帝は忌々しげに言い捨てて、用は済んだとばかりに私たちを執務室から追い出した。

デル様が皇帝をやり込めた爽快感が胸に広がる。終始皇帝に感じていた鬱屈が一気に晴れて、心に爽やかな風が流れ込む。

――デル様。ありがとう。

隣を歩く精悍《せいかん》な横顔をちらりと見上げる。

彼もきっと、気付いていたのだ。アイーダとエルネストさんの関係に。

帝国の近親婚を撤廃したってブラストマイセスの国益にはならない。国王という立場からすれば、他の条件を提示するほうがよかったのに。

……やっぱりデル様は、世界一優しい最高の魔王様だ。

「どうした？　嬉しそうだな、セーナ」

私の視線に気がついたデル様。長い睫毛に縁どられた青い瞳を細め、柔らかな表情を向ける。

「はいっ！　すごく嬉しいです」

優しい優しい旦那様。

そして私の脳裏には、花が咲いたように笑うアイーダと、物柔らかに微笑むエルネストさんの幸せな未来の姿が浮かんでいたのだった。

10

（父さまと母さまは、仲直りできたんだべか？）

急いでいる様子のセーナにいつもより早めに寝かしつけられ、今は何時になっただろうか。ふと目が覚めてしまったタラは、ぼんやりと窓の外を眺めながら、ぎくしゃくしている両親について考えていた。

（おらが風邪なんてひいたから……。早く大きくなって、丈夫な身体になりたいだ。いつまでおらは赤ん坊なんだ？）

みんなに可愛がってもらえることを思えば、赤ん坊も悪くはないのだけれど。それよりも、大切な人を守ることができる大人のほうが、素晴らしいもののように思えるのだった。

と、ドアが開く音がした。起きていることがばれたらまずい気がして、慌てて目をつぶった。

＊

「よかった！　ちゃんと寝ているみたい」

「タラは一度眠りにつくとなかなか起きないからな。昼間たっぷり外遊びをしていたようだし、熟睡しているのだろう」

娘を起こさないように声と足音を潜めて入室し、ベッドサイドの椅子にそろりと腰を下ろす。

「……今日は疲れましたね。でも、すべてが上手くいってほっとしました」

「互いの仕事が成功して何よりだ。そなたの助手としてはフラバスを招集した。急ぎ空を飛んでくるから、５日前後で到着するだろう」

「ありがとうございます。急がせてしまって悪いですね」

「よいのだ。フラバスの種族はもともと天を駆け回る習性がある。あれは日ごろ運動不足だから、むしろ5日間も飛べることを喜んでいたぞ」

「ドクターフラバスもお忙しいですからね。息抜きになりそうならよかったです」

「ああ」

会話が途切れると、暗い部屋に緊張感を孕《はら》んだ空気が流れる。

風邪をひいたタラの世話を巡って一悶着《ひともんちゃく》があったのは2週間ほど前のこと。それ以降、表面上は普段通りに振る舞っていたものの、どこかが決定的に以前とは違っていて、互いの心の内を探り合っているような距離感があった。

こんなふうに、時間を気にせずゆっくりと会話ができるのはいつぶりだろうか。タラが産まれてからは、時の流れがいっそう速くなった。

先に口火を切ったのはデル様だった。

「わたしが至らぬばかりに、そなたに迷惑をかけてしまったな。この間は悪いことをした」

「い、いえっ。私が悪かったんです。デル様は私のためを思ってやってくれたのに、あんな言い方をしてしまって。ほんとうにごめんなさい」

あの晩は自己嫌悪で一睡もできなかった。デル様にしたのはただの八つ当たりだった。

彼は仕事も育児も完璧に両立して私のことを気遣う余裕まであるのに、どうして自分は上手くできないのかと。

だからデル様が申し訳なく思う必要なんてこれっぽっちもないのに。彼は自省の言葉を繰り返す。

「そなたとタラのために善き夫、善き父であろうとしているが、今までと同じやり方では首尾よくいかないことを痛感している」

彼は肺の底から長いため息をつき、額から髪をかき上げた。

「子育てというのは、魔王であることよりも難しく感じるな。ひとつやり方を覚えても、タラが成長するとその方法は使えなくなり、新しい取り組みを考える必要がある。日々が学びだ」

「デル様は完璧にできているでしょう。そんな、難しいだなんて」

「取り繕えているならば幸いだが。そなたの見ていないところでは消沈していることも多いぞ。そなたが麻疹治療で不在だった間など、カーラとメアリにずいぶん指導を受けたものだ」

彼は格好がつかないな、と苦笑いをこぼした。

……デル様も、私と同じように悩んでいたの？

思いもよらない話を聞いて、私の心は激しく揺さぶられた。心臓の奥の方から、バターのようにじわりと熱いものが溶けだしてゆく。

「セーナ？　ど、どうしたのだ」

面食らったような彼の声。差し出されたハンカチを不思議に思うのと同時に、私は自分が泣いていることに気がついた。

「あれっ？　ど、どうして」

意思に反してぼろぼろとこぼれ落ちる涙。自分で自分の感情がわからなくて混乱する。

だんだんとはっきりしてきたのは、今まで抑え込んできた——見て見ぬふりをしてきた、私自身の叫びだった。

「わた、私はいっぱいいっぱいになっていました……。デル様はいつだって私のことを大切にしてくれていたのに……周りが見えなくなっていたんです」

「大丈夫だ、セーナ。なにひとつ気にすることはない」

彼は遠慮がちに私の手を握り、安心させるようにぎゅっと握った。けれども今ばっかりは逆効果で、私の涙腺は更に崩壊していく。

「タラもデル様も仕事も……全部大切にしたいと欲張ってしまって……っ、結局抱えきれなくなってしまったんです……。それで、かえって迷惑をかけてしまって……っ」

「欲張りなどではない。当たり前の望みだ。わたしたちは家族なのだから、皆で考え苦楽を分かち合っていけばよい。そなたはよく頑張っている」

私の背中に手を滑らせ、ゆっくりと上下に動かす。大きな手の温かさとともに、彼の真心がじいんと身体の奥に沁み入ってくる。

「共にひとつずつ学んでいこう。そなたとタラの幸福がわたしの幸せだ。さあセーナ、いつものように笑顔を見せてはくれないか」

「でっ、でるさまぁ……！」

おいおいと号泣する情けない私だって、デル様は決して見捨てやしない。彼のゆるぎない愛情のおかげで、私は安心して毎日を全力で生きていける。

デル様が旦那様で、私はほんとうに幸せ者だ。

＊

一連のやりとりをこっそり聞いていたタラは、感動に打ち震えていた。

（母さまと父さま、仲直りできてよかったっぺなぁ！　ほいで、父さまはやっぱり母さまのことが大好きなんだなぁ。おらまで恥ずかしくなっちまっただ）

両親の赤裸々な光景は、なんだかくすぐったい感じがした。それと同時に、自分の家族はみんな頑張り屋さんで、お互いを大切に思っていることを実感する。自分もその一員なのだと思うと、タラは誇らしく感じた。

(……ほんでも、まだぎこちないな? どうしたんだべか)

薄目を開けて様子を伺う。椅子に腰かける両親は、顔を赤くして俯いている。父の右手は母の左手をしっかり握っているものの、変に力んでいるように見えた。

(ははあ。わかったぞ! 仲直りしたとはいえ、どうしたらいいかわからねえんだな? わかる、わかるっぺよ。おらも癇癪《かんしゃく》を起こしちまったあと、乳母さんたちに悪い気持ちでいっぱいだもの。それとおんなじだな?)

タラは自身の経験と重ね合わせて、両親の心中を察した。

そして、こういうときにどうしたらよいか、彼女は知っていた。

(おらが癇癪を起すと、乳母さんたちは抱っこをしてくれるだ。おらの気持ちがすっきりしたあとも、しばらく抱っこを続けてくれて、それでいつの間にか元通りになれるだ!)

母さまと父さまも抱っこをしたらすべて解決だ! 我ながらいい考えだとタラはほくそ笑みながら、薄く開いた瞳に力を込めていく。

(……結局、また変な力が使えるようになっちまったんだよなあ)

先日大きな風邪をひいたあと。タラの嫌な予感は当たってしまい、『身体の悪い部分に黒いモヤが見える』に続く新しい能力が発現した。

ただしそれは、自分が使おうと思わない限り勝手に出てくることはない。モヤほど気味の悪いものでもなかったため、タラは了としたのだった。

（目に力を込めると、なんだか見たものを思ったように操れるんだよなあ。離れたところのオモチャを取るのにしか使わなかったけんど、父さまと母さまの役に立てるんなら嬉しいだ）

タラはセーナの椅子の足に向かって強い目線を送る。どうなってほしいかを、頭の中で幾度も念じながら。

視界の中心が熱を帯び、そして、対象物と重なる部分がぐにゃりと歪む。このとき少しだけ気分が悪くなるのだが、嘔吐するほどではない。

すると、セーナの座る椅子の足が、ボキイッ!!　と派手な音を立てて砕け散った。

「わわわっ⁉」

バランスを崩したセーナの身体を、デルマティティディスが素早く抱き留める。

「怪我はないか？　急にどうしたのだろう。老朽化していたのだろうか」

「お、お恥ずかしい……。治療薬の開発も大切ですけど、ダイエットもしなきゃいけませんね。あはは……」

へらりと笑いながら顔を上げたセーナのすぐ目の前には、恐ろしく整った美貌があった。

「すっ、すみません！」

赤面して離れようとするセーナを、デルマティティディスは素早く両腕に抱き込んだ。

「離れるな。今宵《こよい》は1秒たりとも、そなたを離したくない」

「……えっと……。それはどういう意味でしょう」

美しい青い瞳に射貫かれて、くたりと全身の力が抜けていく。それなのに、心臓の鼓動はうるさいぐらいに早鐘を打っていた。

「無粋なことを聞くな。……本当は、分かっているくせに」

かくしてセーナは嬉々《きき》としたデルマティティディスに横抱きにされ、娘の部屋を後にする。

タラは「やっぱり抱っこで仲直りができただな！」と、ひとり悦に入った。

だから、去り際にデルマティティディスがタラを一瞥したことには、これっぽっちも気がつかなかったのだった。

第四章　黒い靄《もや》

1

ドクターフラバスが到着するまでの間を利用して、私とデル様、そしてタラはちょっとした旅行に来ていた。皇都プンカから半日ほどで行くことができる海辺の街アマルティエは、帝国随一のリゾート地だ。

デル様の仕事があるから、明日には帰らないといけないけれど。久しぶりに家族でゆっくり過ごすことができて、ここ1か月の疲れはすっかり吹き飛んだ。

アマルティィエの海の透明度は高く、背の高い木が海風にさわさわと揺れる音に癒される。

精霊に護《まも》られたこの地の眺めはずっと変わっていないはずなのに、昨日までより世界が鮮やかに感じられるのは、心の陰りが晴れたからだろう。

「無事に呪いを解決できて、ほんとうによかったわ……」

寄せては返す波にはしゃぐタラとデル様を微笑ましく眺めながら、柑橘《かんきつ》を丸ごと搾ったジュースを口に含む。

木製のデッキチェアに背中を預け、まぶしい空を見上げた。

皇族の中には、血友病が遺伝するということに動揺を隠せない人もいたけれど。治療薬を開発すること、それを適切に服用すれば命に関わるようなことはなく、普通の人と変わらない日常を送れることを伝えると、ひとまず安心してくれた。

血友病の件や近親婚の廃止など、しばらく皇城内の混乱は続きそうだ。けれどもこれは平穏な未来への第一歩であり、帝国の新たな歴史の第一幕になるに違いなかった。

「何を考えているのだ、セーナ？」

「かーか！　ちかむぃただあっ！」

タラを腕に抱いたデル様が戻ってくる。小さな手には虹色の貝殻が握られていた。

「素敵な貝殻ね。タラが見つけたの？　すごいじゃない！」

「んだっ！」

隣のデッキチェアに腰を下ろしたデル様に顔を向ける。

「ここ1か月のことを思い出してまして。大変な仕事でしたけど、皆さんの役に立ててよかったなあと」

「そなたが偉大なことを成し遂げたのは、皇族たちの顔つきを見れば一目瞭然だ。皆、憑《つ》き物《もの》が取れたような表情をしているからな」

デル様は海のように青い目を細め、表情を綻ばせる。

「しかし、皇太子の変わりようには驚いた。あれは別人と言った方がいいかもしれない」

「デル様もそう思いますか？　なんと言うか、抑圧されていたものが一気に解放されたような感じですよね。もちろん良い変化なんですけど」

デル様の腕から離れたタラは砂浜にトンネルを掘り始めた。その様子に注意を向けつつ考える。

ヘンドリック様のお母様は、皇族とはまったく血縁関係のない平民出身だった。そのことから、遺伝的にも彼が血友病である可能性は低く、また、実際に検査してみても異常はみられなかった。

つまり、ヘンドリック様は健康体だったのだ。

健康だという告知を受けた彼は、しばらくぽかんとしていた。少しして「なにかの間違いでは？」「僕が健康なわけないでしょう」などと混乱し始め、丁寧に説明してどうやらほんとうらしいとわかると飛びあがって喜んだ。気難しい兄が小躍りする様子を見て、アイーダが「明日雪でも降るんじゃないか……？」と目を丸くしていた光景は記憶に新しい。

「タラと遊んでくださるようにもなりましたしね。ヘンドリック様の執事さんから聞いたんですけど、実は小さい子供が好きなんですって。イオ殿下のことも一番可愛がっていたそうです。ありがたい反面、仕事は大丈夫なのか心配です。すごく忙しいはずなのに」

「休暇が与えられたらしいぞ。今まで呪いに縛り付けた詫《わ》びの気持ちがあるのだろう。代わりにペドロ3世が仕事をしていたから目を疑った」

「へぇ！　珍しくお父さんらしいことをしていますね」

癖のある性格だが、家族に対する情は深いとみえる。皇太子を過保護にしていたのも、彼の命を守るためだったのだろうから。

ヘンドリック様がもらった休みは10日間。そのあとは再び執務に戻り、皇帝はまたデル様と釣り船旅行に行くことになっている。

「皇帝陛下はずいぶん釣りがお好きなんですね。あと、デル様のことも」

「あやつは病でないことが分かって有頂天になっていたから、これからますます増長するかと思うと頭が痛い」

皇帝にも検査を行ったところ、彼もまた正常であることが判明した。つまり、現役皇族のなかで血友病の男児はイオ殿下のみということになる。

デル様はしかめっ面をしていたけれど、ふいに私と目が合うと相好を崩した。

「ペドロ3世のことを考えていては時間が勿体《もったい》ない。明日には戻らねばならないのだから、その前にふたりで出かけてみないか？　街に出てみるのも一興だろう」

「いいですね！　ぜひ行きたいです！」

お城に戻ったら、ふたりで過ごす時間はなかなか取れなくなる。ドクターフラバスが到着し次第、私も治療薬の開発に取り掛からなければいけない。

街の様子にも興味があった。来るときに獣車の窓から目にした賑やかな市場。建物の建築様式から人々がまとう衣類、顔に浮かべる表情まで、皇都とはまた違った営みが広がっていて無性に胸が躍った。

タラには申し訳ないけれど、午後は乳母たちとお留守番していてもらおう。

「宿に戻って支度をしましょうか。さあタラ、行くわよ。あれっ？　どこに行っちゃったのかしら」

立ち上がった途端、ぐらりとバランスを崩す。

タラが掘っていたトンネルが思ったより力作で、お堀のようにすぐ足元にまで及んでいたことに気がつかなかったのだ。反射的にぎゅっと目をつむる。

転びかけた私を引き寄せるようにして受け止めたのはデル様だった。

「おっと。大丈夫か？」

「……っ！　すっ、すみません。びっくりした……」

まぶたを開けると青だった。海の中かと間違えるほど澄んだデル様の瞳だと気がつき、その距離を理解して一気に顔が赤くなる。

「ひっ、ひえっ！」

デッキチェアに横たわるデル様に覆いかぶさるような態勢になっている。首から下は完全に密着していて、彼の体温も鼓動も直《じか》に伝わってくるゼロ距離だ。

デル様は私の腰に手を回し、さらに自分を押し付けるように力を込めた。

「……こういうのも悪くないな」

「へっ？　なっ、何のことですか？　もう大丈夫ですから離して……」

デル様が魔王的な妖しい笑みを浮かべ始めたので、本能的に身の危険を察知する。とても力では敵わないから、じたばたと身体を動かして抗議する。

「まっ、街にお出かけするんですよね？　早く行きましょうよ！」

「街か……。わたしはこの眺めも捨てがたいのだが」

「この眺め？」

デル様の意味ありげな視線にきょとんとしていたものの、ほどなく私は自分が水着であることを思い出し、彼のすぐ目の前には何があるのかということを正しく理解して、声にならない悲鳴を上げたのだった。

2

デル様は商家の若旦那に、私はその奥様風に変装を施してもらい、アマルティエの街に繰り出した。幾重にも身体に布を巻き付ける帝国の衣類は新鮮で、デート気分が膨らんでいく。

宿を出て20分ほど歩くと、がやがやと賑わう市場にたどり着いた。

花びらを練り込んだ石鹸《せっけん》であるとか、薫香の魔石を使ったフレグランス、鮮やかな珊《さん》瑚《ご》を使った入浴剤など、リゾートらしい品物を扱うお店が軒を連ねる。

生鮮品や民芸品を扱うお店も繁盛している。熟して食べごろの果実は青草で編まれた籠に並べられ、大きな魚は縄でくくられて天井からつり下がる。活気のある店舗が通りの両側に目白押しだ。

観光者から仕入れの商人までがごった返す通りを、ゆったりと眺めながら歩く。

「気になる店はあるか？」

「うーん。どれもすごく魅力的ではあるんですが。……でもやっぱり、私は薬店に行ってみたいかも……」

ずっと目で探しているのだけど、それらしいお店は見つからない。

デル様がくくと笑いを嚙み殺す。

「そなたはそう言うと思っていたから、先ほど薬店の場所は聞いておいた。もう2本右の通り沿いにあるはずだ」

「調べてくださってたんですか⁉　ありがとうございます！」

思わず彼の手を摑むと、デル様は驚いて顔を赤くした。

……デル様って、自分からは平気でぐいぐい来るのだけれど、私からアクションを起こすと途端に照れちゃうのよね。そのギャップがまた可愛らしいのだけれど。

握った大きな手に指を絡ませる。ここは帝国だし、今の私たちは商家の若夫婦だから、
ちょっとくらい羽目を外したっていいだろう。

「さあデル様、行きましょう！　こうやって恋人みたいに街を散策するの、実はちょっぴり憧れてたんです」

　雑踏のなかに一歩踏み出せば、あっという間に魔王と王妃という身分は溶けていく。

彼とトロピカリで出会ったころのような、当時の自由な生活をふと懐かしく思い出しながら、私たちは街を堪能《たんのう》したのだった。


　結局、薬店をいくつかはしごしていたら夕方になってしまった。薬草大国だけあって品揃《ぞろ》えが膨大で、店によって置いているものに違いがある。店主の方々も親切で、あれこれ質問していたら瞬く間にこの時間だ。

「すみません。私の興味だけで終わってしまいました……」

「構わない。わたしは楽しそうなそなたを見ているだけで満足なのだから」

「そ、そういうものですか……？」

　当然社交辞令よねと解釈したけれど、言われてみればデル様は薬草には目もくれず、

ずっと私のほうを見てニコニコしていたっけ。こんな私を眺めて楽しいだなんて、彼はほんとうに奇特なひとだ。

夕食をとってから帰ろうということになったので、散策の途中で気になっていた食堂に行くことにした。

2軒目に寄った薬店の隣にある小さなお店。リゾートの主要エリアからは離れるものの、眼下に限りない海を一望することができる素敵な立地だ。色褪せた煉瓦《れんが》にはめ込まれたガラス扉の前で猫があくびをしており、煮込み料理を思わせる濃厚な香りが漂っていたのが印象に残っていた。

こういうひっそりとしたお店って、目立たないようにしているのに、それがかえって人を惹きつけているような気がする。

「いらっしゃい。まあまあ、初々しくて素敵なご夫婦ねえ」

入店すると、小柄で可愛らしいおばあさんが迎えてくれた。

透き通るような白髪を後ろでまとめ、赤いバンダナをリボンのように結んでお団子にしている。衣服の上には水玉や花柄など、さまざまな柄の布を縫い合わせたパッチワーク風のエプロンを身に着けている。

「我が妻の素晴らしさを瞬時に見抜くとは。ご婦人は見る目がある」

「もうっ、恥ずかしいことを言わないでください」

デル様は悦に入っていて、お店が気に入ったようだった。

店内はカウンター席が3つに2人掛けテーブルが2つ。落ち着いた色合いの木目の壁には、帝国でよく見かける樹木や花をモチーフにした大きなキルトが飾られている。調理スペースからすべての席に目を配ることができる構造で、家庭的な温かさを感じる空間だ。

メニュー表を眺めて、私は〝浮かれ蛸《たこ》と彩り野菜のグリル〟を、デル様は〝白身魚と香草たっぷりのアマルティエ風煮込み〟を注文した。

終始にこやかなおばあさんの他に店員の姿は見えず、注文を取った彼女はそのまま調理場に入る。

「……おひとりでやられているんでしょうか」

「そのようだな。席は少ないし、店頭の看板も目立つものではなかった。近隣の住民に向けた小食堂なのかもしれないな」

デル様の推測は当たった。料理を待っている間に、先ほど買い物をした隣の薬店の店主がやってきて「あ～、疲れた。いつものお願いね」とオーダーを入れていた。彼は私たちに気がつくと、「ああ、さっきはどうもです！　ここ、美味しいからおすすめですよ」と朗らかに言った。

私は店内を眺め回し、デル様はなぜか嬉しそうな表情でこちらを見つめている。暮れ方のゆったりとした時間が流れていたけれど、手持無沙汰な薬店の店主がひょいと顔を傾けて私たちに話しかけた。

「あなた方、プラーナには来たばかりだって言ってましたよね。知ってます？　この店のオーナーは、なんと皇太子殿下のおばあ様なんですよ！」

「えっ⁉　ヘンド……皇太子殿下の、おばあ様⁉」

オーナーって。それはこの愛らしいおばあさんのこと？

あのヘンドリック様とは似ても似つかぬ温和な笑顔に、趣味の手芸品があふれる平和な店内。

にわかには信じることができなくて調理場に目をやると、おばあさんは「嫌だわブブイさん。そんなこと、言わなくったっていいのに」と照れ笑いを浮かべた。

3

ヘンドリック様のおばあ様であり、アマルティエの小食堂『マルコ・デ・グリエ』のオーナーであるビビさんは、もともとは帝国の別の島で農業を営んでいたという。

「でも、主人が亡くなったあとは、小さな娘たちを抱えて農業をすることは難しくてねえ。それで本土に出てきたというわけ」

生まれ育った島は田舎で、農業以外の働き口が少なかった。シングルマザーでも稼げる仕事を求めて観光業が盛んなアマルティエにたどり着き、いくつかの食堂で腕を磨いたのち、この店を開いたという。

「食堂だったら子供にもたくさん食べさせてあげられるでしょう。そのせいか、娘たちはずいぶん縦に伸びちゃって。わたしはいつも見上げるように話をしていたわ。……さあ、お料理ができましたよ。冷めないうちにおあがりになって」

ビビさんは左右の手で大きなお皿を器用に持ち、私たちに配膳した。

1枚の皿にメインの蛸とグリル野菜が盛られ、パンやちょっとしたお惣菜《そうざい》も付け合わされている。食欲をそそる香りも相まって、食べる前から幸せな気持ちが胸に広がっていく。

「すごく美味しそうです！　なんだろう、今まで食べた帝国の食事とは少し香りが違いますね？　こちらのほうがスパイシーというか」

「わたしの田舎の味つけを取り入れているの。皇都の伝統的な味わいとは、ちょっと違うと思うわ」

「オーナーの出身は秘境みたいなところだからね。そんなところの味が食べられるなんてすごいことですよ。混みあっちゃあ困るから、僕たちもあんまりよその人には言わないようにしてるんですよ」

秘境の味と聞くと、目の前のお料理がますます眩しいものに見えてくる。ごくりと唾を呑み、さっそく蛸をひと切れ口に運ぶ。

「…………っっ!!」

感動で声が出ないとはこのことか。頬を押さえて打ち震える私を見て、デル様は可笑《おか》しそうに笑った。

「そなたは本当に美味そうに食べるな。その顔だけでわたしは腹がいっぱいだ」

「何を言ってるんですか。すっごく美味しいので、早くデル様も食べてください」

あっという間にお皿は空っぽになる。食後の紅茶をいただいて一息ついていると、手早く食べ終えていた薬店の店主が「じゃあ、お先に」と片手を上げて店を出ていった。

お城からそう遠くないところに、こんな隠れ家的な名店があるなんて。他のメニューも気になるし、滞在中にぜひもう一度来てみたい。

ふと、ヘンドリック様もここに来たことがあるのかしらと思った。であれば、誘い合わせて来てもいいかもしれない。

「あの、ビビさん。皇太子殿下もこちらにいらっしゃるんですか？」

尋ねると、彼女は洗い物の手を止めてこちらに顔を向ける。そしてぎこちなく唇の端を上げた。

「それがね、一度もないのよ。娘が亡くなるまでは何度か会いに行けたのだけど、そのあとはずいぶん忙しくなってしまったようでね。なかなか皇城の外に出るのは難しいみたい」

ビビさんは手を拭いて、調理場の奥に飾られた四角いものを持ってきてくれた。

「……えっ？ これってまさか、写真ですか？」

額に入った四角い紙面。そこには塗料で描かれた絵画ではなく、目で見た姿そのままの、２人の女性と利発そうな男の子が写っていた。

この世界にも写真が存在することに目を丸くしていると、ビビさんは微笑んだ。

「プラーナに来て間もないのだったら珍しいかしら。刻限の魔石を使うとね、こうやって実際の一瞬を切り取って残すことができるのよ。写刻機は絵描きさんと違って高価だから、とても庶民には手が出ない代物だけれどね。いつも娘が陛下にお願いして使わせてもらっていたわ。懐かしいわね」

ビビさんは皺の刻まれた指で愛おしそうに写真を撫でる。今よりいくぶん白髪の少ない彼女の隣に立つのはすらりとした長身の女性で、細腕に抱っこされている茶髪の男の子がヘンドリック様だと一目でわかった。

小学生ほどの大きさなのに得意顔で抱っこされているところを見ると、ずいぶん甘えん坊だったのかもしれない。あどけなさに心が和む。

「素敵なご家族ですね。皇太子殿下は体調の懸念がありましたから、外出もままならなかったのでしょう。ビビさんのことを忘れたわけではないと思いますよ」

「えっ？　ヘンドリックは体調が悪いの？」

足をすくわれたような表情に、ぎくりと身体が跳ねた。

「あっ……。えっと……」

まずい。今の私は王妃じゃなくて、ただの商家の奥様なのに。気が緩みすぎて知ったようなことを口走ってしまった。

ヘンドリック様に疑われた皇家の呪いはすでに払拭されているし、現在健康に問題はないのだけれど、そこまで言ってしまうと更におかしなことになってしまう。ポンコツなこの口を取って投げ捨ててやりたかった。

冷汗をかいていると、デル様が救いの手を差し伸べた。

「先日商談をした客が、貴族とも繋がりのある人物だったのでな。どうやらそうらしいということを言っていたのだが、真偽は不明で噂の域を出ないものだ。妻が混乱させて申し訳ないな、ご婦人よ」

「そっ、そうなんです。すみません。私ってば変なことを言ってしまって」

慌てて取り繕うけれど、ビビさんの顔色は悪いままだった。まるで身内が事故にでも遭ったかのように、「どうしましょう」と繰り返し呟きながら真っ青な顔をしているのだ。

思わずデル様と顔を見合わせる。

「……ご婦人。何か気掛かりなことでも？」

デル様が穏やかに声をかけると、彼女は落ち着かない様子で答える。

「主人はね、実を言うと突然倒れて亡くなったの。それに、娘の最期もそうだったと聞いたわ。だからあの子もどこか悪いんじゃないかって、ずっと気になっていたのよ」

「ご主人は急死なさったんですか？」

先ほど、ご主人が亡くなったためアマルティエに出てきたということは言っていたけれど。突然倒れたというのは耳に新しい。

親子が二代続けて突然死するというのは、確かに珍しいことだと思った。

「1日の農作業を終えて、家に戻った直後のことだったわ。……田舎の島でしょう。だから詳しく調べられるお医者様もいなくて、そのまま葬儀をしたの」

彼女は再び調理場に入り、今度は1枚の絵姿を持ってきた。

「これが夫と娘たち。近所に絵画が趣味の人がいてね、一度、お願いして描いてもらったの」

美しい絵だった。山の斜面を切り拓《ひら》いた段々畑は鮮やかな夕焼けに照らされ、その前に家族4人が弾けるような笑顔で並んでいる。

ビビさんのご主人はヘンドリック様に似ていた。ひょろりと背が高く、やや前傾した猫背。丸くて分厚い眼鏡をかけているところまでそっくりだ。

「だから、娘が亡くなったあとヘンドリックに手紙を出したの。あなたも気をつけなさいって。あの子は祖父が亡くなった理由を知らないと思うから」

ヘンドリック様のお母様は、突然亡くなったお父様にひどくショックを受けていたから、自分の子供にその話はしていないだろうという。

「皇太子殿下は、なんと？」

「返事が来たことは一度もないの。読んでくれていることを祈るばかり」

長く息を吐き、ビビさんはゆっくりとカウンターの椅子に腰を下ろした。

「ねえ、あなたたち。今日会えたのも何かの縁だと思って、お願いを聞いてはもらえないかしら」

「なんでしょう？　私たちにできることでしたら、いくらでも協力しますよ」

「悪いわねえ。さっき、皇族と面識のある貴族のお客さんがいるって言っていたでしょう。もしまたその方と会うようなことがあったら、ヘンドリックに身体に気をつけるように伝言をお願いできない？　なんだか嫌な予感がするの」

「わかりました。……いいですよね、デル様？」

「もちろん引き受けよう。ご婦人の心労はお察しする」

私たちが頷くと、ビビさんは安心したように笑顔をみせた。

「ありがとう。いつもこの窓から皇城を眺めては、あの子は楽しくやっているかしらって気にしていたの。便りがないのは元気な証拠だと思うようにしていたけど、これで肩の荷が下りたわ」

カウンター横の窓は山側に開いていて、遠くにお城の影を望むことができた。

ちょうど沈んでいく夕日がお城の塔にかかって、燃えるように赤くみえている。

「……父親といっても、皇帝陛下でしょう。娘が亡くなったあとは、あんな大きな場所でひとりだもの。ヘンドリックはよく頑張っているわ。きっと、とても頼もしく成長しているのでしょうね」

彼女は顔を窓の外に向けたまま、小さく目元を拭った。

「ごめんなさいね。……今日はあなたたちに会えてよかったわ。これでいつ精霊神に呼ばれても大丈夫よ」

しんみりとした雰囲気を改めるように、ビビさんは冗談交じりに言った。

「お会計にしましょうか。時間は平気？　長々と引き留めてしまって悪かったわね」

お店を出ると、茜色《あかねいろ》の空の上は紫のグラデーションになっていた。夜がすぐそこまで来ている。

「思いがけない縁であったな。さあ、タラのもとに帰るとしよう」

「はい」

デル様が私の手を取る。

楽しい時間を過ごしたはずなのに、私は胸に小骨のような引っかかりを感じていた。

それは、ヘンドリック様のお母様とおじい様が突然死していると聞いてからだった。

嫌な予感がすると言ったビビさんの表情が、ずっと脳裏に焼き付いている。

ヘンドリック様は血友病ではなかったし、特に不調があるという自覚症状もない。健康なはずだ。

そう。そうに違いないわ。

一度だけお店を振り返り、すぐに前に向き直る。

半ば言い聞かせるようにして、私は食堂を後にしたのだった。

4

アマルティエから帰ってきた翌日。ヘンドリック様のところへ行こうと自室を出ると、ちょうど2つ隣の部屋のドアが開いて本人が姿を現した。

「ヘンドリック様！　タラと遊んでくださっていたのですか？」

「おや、王妃殿下。ごきげんよう。とんでもありませんよ。僕がタラ姫に遊んでいただいたのです。アマルティエに旅行されたそうですが、体調を崩されたりしませんでしたか？」

流れるように言葉を紡ぐヘンドリック様。常に影が差していた表情は憑き物が取れたようにさっぱりとして、心なしか猫背も改善したように見える。言葉にも気遣いがあり、今ならあのアイーダの兄だと言われても納得がいくような爽やかさだ。

「ご心配ありがとうございます。綺麗な海を見て疲れがとれました」

「それは何よりです。僕も昨日、皇都に出てみましたよ。活気があっていいですね。経済状態が良好だということが目で見ても分かりました」

行動制限がなくなったため、ヘンドリック様は毎日忙しくあちこち出かけ回っている。自分の国なのに知らないことが多い、耳で聞くのと実際に見るのでは大違いだと嬉しそうに教えてくれた。

22歳という年相応のはつらつとした表情は、見ているこちらまで明るい気持ちにさせてくれる。

「それで、実はヘンドリック様にお伝えしたいことがありまして。近いうちにお時間をいただけませんか？」

「僕に？　今は父からもらった休暇中ですから、いつでも構いませんよ。王妃殿下のほうがお忙しいでしょうし、なんなら今からでも。ちょうどタラ姫は昼寝に入られたところですので」

ありがたい申し出なのだけれど、今日はこのあとアイーダとお茶会の予定が入っている。明日はどうかと尋ねると、ヘンドリック様は快諾してくれた。

「午前はラグーに乗る訓練が入っていますから、昼食後でいかがでしょう」

「わかりました。ありがとうございます」

ヘンドリック様は営業マンのように清々《すがすが》しい会釈をして去っていった。

◇

「訪問が遅くなって申し訳ない、セーナ様！　一刻も早くお礼を言いたかったのに、父上が八つ当たりのように仕事を振ってくるから遅くなってしまった」

部屋に入るなりアイーダはがばりと頭を下げた。

「呪いの解明に加えて近親婚の撤廃まで。なんとお礼を言ったらいいのか……！」

「いいのよ。というか、近親婚の件は思いついたのも交渉したのもデル様だから、実のところ私の手柄ではないのよね」

「魔王陛下が？　あんなに強くて勇ましいのに、お心まで立派だとは」

感じ入った様子の彼女を不思議に思う。

「アイーダは、デル様がお強いことを知っているのね？」

椅子を勧めながら尋ねると、彼女は紫色の瞳をきらきらと輝かせた。

「父上と魔王陛下が軍の視察に来た日があって、剣の指南をしていただいたんだ。うちの腕自慢を軒並み倒していく姿は実に圧巻だったなあ！」

「そうだったのね。ふふっ。もっと褒めてもらって構わないのよ？　デル様はほんとうに素晴らしいんだから」

胸を張ると、アイーダもうんうんと頷く。

「もし為政者になるようなことがあったら、あのような姿を目指したいと強く感じたよ。でも、どうやらその心配はなさそうだ。兄上が覚醒したみたいだから」

「あなたもそう思う？　いいことなんだけど、なかなか慣れないのよね」

「城じゅうその話題で持ちきりだ。人が変わったように明るくなったし、笑顔を目撃した臣下たちからは、幻覚が見えるほど疲れているという理由で休暇届が相次いでいる。最近いろいろな改革があったけれど、正直この件が一番混乱しているよ」

やはり、ヘンドリック様の変貌ぶりは各所に大きな衝撃を与えているらしい。

「でもまあ、兄上が心から楽しそうでほっとしているよ。今までできなかった遠方への視察に行ったり、騎獣訓練を始めたり。あんなに生気に満ちた兄上を見るのは初めてだ」

そこまで言うとアイーダは目を伏せ、彼女にしては珍しく暗い表情を浮かべる。ため息でティーカップの水面が静かに揺れた。

「……けれど、やりたいと思っていたことがたくさんあったんだと思うと、喜ばしく思う一方で虚しい気持ちにもなるんだ。呪いというものに踊らされた兄上の人生って、いったい何だったんだろうって」

妹として、婚約者として。ずっと近くでヘンドリック様を見てきたからこそ、喜びきれない複雑な感情を抱いているようだった。

「アイーダ……」

その姿は、かつての自分と重なって見えた。デル様が永い眠りについて目覚めたときの、嬉しさと戸惑いと、数奇な運命を呪いたくなるような気持ちだった私。もうずいぶん昔のことのように感じるけれど、それは確かに私が経験したことだった。

手に持ったティーカップをテーブルに戻す。

「……今まで苦労が多かったと思うけれど、これからは違うわ。ヘンドリック様も、デル様に負けず劣らず素晴らしい方だから、きっとご自身の力で未来を切り拓くと思う。ねえアイーダ。辛い経験って、不幸の最中にいるときにはなんの役にも立たないように感じるけれど、面白いことに、幸せになったときに必ず役に立つものなのよ」

「そういうもの、だろうか？」

ぴんときていない様子のアイーダ。

「あなたも身に覚えがあるんじゃない？ エルネストさんとのこと。叶わぬ恋だったときは辛かったと思うけど、その思い出は、もう不要なものなのかしら？」

そう問いかけると、彼女は大きく目を見張った。

「……いいや。どれもが大切な記憶だ。なるほど、少し分かったような気がするよ」

口元を綻ばせたアイーダは、恋する年頃の女の子という感じがしてとっても可愛らしかった。だからついつい、年寄り臭いことを言ってしまう。

「ねえねえ。エルネストさんと何か進展したら教えてよね。ブラストマイセスに帰った後でも、手紙をくれたら嬉しいわ。じゃないと気になって夜も眠れないもの」

「セーナ様は、意外と色恋沙汰に興味があるんだな」

「あなただからよ。だって、私の妹なんでしょう？」

初めて彼女と顔を合わせた日。女きょうだいがいないから、姉のように接してもいいかと言ってくれた。初めての外国訪問で緊張していた私にとって、どれだけ嬉しく心の支えになったことか。この縁を今回きりで終わらせるのはあまりにも寂しい。

そう伝えると、きょとんとしていたアイーダの桜色の唇がゆっくりと弧を描く。

晴れ渡った帝国の空のような笑みが、瞬く間に顔いっぱいに広がって。「そうだな。わたしの姉なら、きっと一緒に喜んでくれるだろう！」と言って私に抱き着いた。

温かい背中を撫でながら、真っ直ぐな彼女に幸せが訪れることを、私は心の底から願ったのだった。

5

翌日。ヘンドリック様は、左腕を白い三角巾で固定した姿で現れた。

「ごきげんよう、ヘンドリック様。って、お怪我されたんですか？」

「乗獣の訓練中に痛めてしまいまして。軽い脱臼だそうですから、心配ありません」

「そうですか……。痛かったでしょう。災難でしたね」

以前までのヘンドリック様だったら、脱臼なんてしたらそれこそ「僕はもう長くない」とか「二度と外には出ない」なんて言いそうだけれど。生まれ変わった彼は特に気落ちしていないようだった。むしろ、怪我をできたことすらも楽しそうにニコニコしているのだから、これまでいかに窮屈な人生を送ってきたかということが伝わってくる。

「それで、僕に話とはなんでしょう」

「実は昨日、偶然おばあ様に会ったんです。それで、ヘンドリック様に伝言を預かっておりまして」

「……おばあ様？　僕のですか？」

「ええ。皇太后様ではありませんよ。お母様側の家系の、ビビさんです」

まさかその名前が出るとは思わなかったとばかりに、彼は目を丸くした。

「どうしてあなたが祖母に？　接点などありませんよね」

「アマルティエでたまたま入った食堂がビビさんのお店だったんです。話の流れでヘンドリック様のおばあ様だとわかったんですけど、ビビさん、手紙を書いているのに返事がないことを気にされていて。それで伝言を頼まれたんです」

祖父も母も突然死しているから、あなたも身体に気をつけてほしい。

そのことをヘンドリック様に伝えると、彼は細くため息をつき、中指で眼鏡をくいっと押し上げた。

「……分かりました。祖母の忠告は心に留《と》めておくことにします。でも、大丈夫ですよ。僕はこの通り元気ですから、杞憂《きゆう》に終わると思います」

呪いの疑惑があったころはお城に閉じ込められてむしろ不健康だったけれど、今は積極的に外に出るようにしているし、体力づくりの運動も始めている。何も問題ないと彼は言った。

「手紙の返事を書かなかったのは、なにか理由があったんですか？」

ヘンドリック様は言葉を探すように沈黙したのち、唇を歪めた。

「王妃殿下もご存じの通りです。母が亡くなってからついこの間まで、僕はすべてを諦めていましたから。手紙は確かに僕の手元まで届きましたが、読まずに処分していたのです」

読んだら自分をコントロールすることができなくなるからと。

「祖母のことを思い出すと、母のことや、幼いころ幸せだった時代の記憶が蘇《よみがえ》るんです。僕にはそれが、どうしても耐えられなかった」

大切に思うからこそ、自ら関わりを絶った。皇太子としての役割を全うするためには、昔のような感情を持っているとかえって辛くなるだけだったと。

ヘンドリック様は自嘲するように笑った。

「僕の弱さが原因です。祖母には悪いことをしました。もしまた会うようなことがあったら、僕は健在だとお伝えいただけますか」

「ご自分でお伝えになったほうが、ビビさんは喜ぶと思いますよ」

「いいんです。僕はまだ、祖母に合わせる顔がありませんから」

言葉の真意を測りかねたけれど、彼の表情からはこれ以上踏み込むことが憚《はばか》られて、ぐっと声が詰まる。

ヘンドリック様はちらりと時計を見上げた。

「タラ姫はまだ起きておられますか？　せっかくこちらまで来たので、ご機嫌伺いをしてから戻ります」

「まだ昼寝には早いから、乳母と遊んでいる頃合いよ。気にかけてくれてありがとう」

「いえ。本来でしたら歓待する立場でしたのに、今まで何もしませんでしたので。せめて休暇中はお役に立たせていただきます」

もてなしと言っても、幼児への接待は通常含まれないと思うけれど。ほんとうに子供が好きなのねと感心する。毎日イオ殿下のお見舞いにも行っていると聞くし、将来はいいお父さんになりそうだ。

「では失礼いたします」

「時間を取ってくれてありがとう。怪我、お大事にね」

ドアの向こうに消える細い後姿を見送りながら、私はビビさんの『嫌な予感』と、自分の中でどこか引っかかる違和感のようなものについて、思案せずにはいられなかった。

◇

（この兄ちゃん、このところ毎日遊びに来てるっぺな。腕を怪我しちまったから、仕事をクビになっただか？）

タラが端整な顔をじいっと見上げると、ヘンドリックはにこりと笑った。

「今日もお絵描きをしますか？　もうすぐ昼寝と聞いておりますので、それまで僕と遊びましょう」

やっぱりそうだ、とタラは確信する。

(おら知ってるだ。この兄ちゃん、いつも怖い顔をして早歩きしていたのに、急にニコニコしておらのところに来るようになっただ。クビになって他に行くところがねえから、こんな赤ん坊のところさ来るんだ)

仕事がないということは、ごはんが買えないということだ。働かない旦那のことを愚痴っていた乳母のおかげで、タラは大人が仕事を失うことは一大事であるということを理解していた。

だから、かわいそうなヘンドリックが自分の部屋に来たときは、なるべく優しく接してあげることにしている。お気に入りの青いクレヨンを貸してあげるし、彼が持ってきたお菓子が美味しくなくても騒いだりしないのだ。

ヘンドリックは恭しく青いクレヨンを受け取り、窓辺に飛んできた鳥を描き始める。帝国ではどこにでもいる、スズリという野鳥だ。

(兄ちゃんも、お絵描きが好きなんだべか)

窓から差し込む昼下がりの陽が、ヘンドリックの硬質な髪に光の輪をつくる。萌黄色《もえぎ》の小鳥と画用紙を往復する銀色の瞳は穏やかで、乳母との散歩中に見かけていた険しい横顔はどこにもない。

悪くない、とタラは思った。

（……おなかの調子もよくねえみたいだし、しばらくはお仕事をしないで休んだほうがいいだ。お薬を買うお金はあるんだべか？）

タラの目には、彼の腹部に薄《う》っすらと、けれども確かに黒いモヤが映っていた。

6

夏の高空を勇ましく翔《か》けるユニコーンが観測されたのは、翌日の昼頃のことだった。

食後に家族３人でくつろいでいると、タラがしきりに外を指さすので何かと思ったら、空を高速で移動する米粒のようなものが見えた。

「もしかして、帝国ではお米が空を飛ぶのかしら？」

「どうした？　……ああ。あれは米ではない。フラバスだ」

「ドクターフラバスですか！」

デル様はすっくと立ちあがり、掃き出し窓を開けてバルコニーに出る。彼の姿を見つけたらしい米粒、もといドクター《ユニコーン》フラバスは速度を上げて一目散にこちらへやってくる。

あまりのスピードに衝突するのではと肝が冷えたけれど、彼は部屋に滑り込むなり人間に姿を変えた。赤毛に馬顔、眼鏡に無精髭《ぶしようひげ》という、いつもの見慣れた姿だ。とはいえ顔を合わせるのは1か月半ぶりなので、懐かしさで胸がいっぱいになる。

「魔王陛下、セーナ殿下。フラバス・ゼータ・ユニコーン、ただいま馳《は》せ参《さん》じました」

床に跪《ひざまず》き、顔を下に伏せて礼をとる。

「面を上げよ。遠路はるばるご苦労であったな」

「来ていただいて助かりました！　ずっと移動で疲れたでしょう。どうぞ座ってください」

「ああ、大丈夫です！　ありがとうございます。僕らユニコーンにとっては、これぐらい何でもないことですから。いやぁ、いい運動になった」

実際、ドクターフラバスは出会ってから今日までの中で一番顔色がよかった。目の下の真っ黒なクマは跡形もなく消え、渋くて格好いいおじ様といっても差し支えない風貌。もともとはこんな顔立ちだったのかと思うと興味深い。

「今日は身体を休めるとよい。明日から我が妃と共に血友病治療薬の開発に取り掛かるように」

「承知いたしました。お役に立ってみせましょう」

ドクターフラバスは頼もしく頷いた。

つかの間の休暇は刹那に過ぎ去り、忙しい毎日が戻ってきた。私は血友病治療薬の開発、デル様は皇帝のおもりにと。残り３週間ほどになった帝国滞在を噛みしめるように過ごしている。

肝心の治療薬だけれど、日本で使われているような凝固因子製剤の開発は、帝国の技術では難しい。滞在期間も限られているため、新しく設備を整えることも現実的ではないときている。ありものを生かして作るのが最良だと、昼も夜もずっと考えていた。

研究開発の拠点として供されたのは、帝国に来たばかりのころに見学した火山のふもとの救護院だった。皇都近郊ではここがもっとも広くて設備が整っているということで、毎日ガジャの輿に乗って足を運んでいる。

国内外から取り寄せた書物や論文が積み上がる机を囲む。

「なにか思いついたかい？　ごめんね。遺伝性の血液疾患って初めての症例だからさ、僕もいろいろ考えてはいるんだけど、これという方法が出てこなくて」

研究の道筋が見えなくて膠着《こうちゃく》していたのだけれど、今日の私はいいニュースを持って来ている。昨夜、ベッドの中で閃いたことがあった。

「実は私、思いついちゃったんです。発表してもいいですか？」

「おっ！　それはありがたいね。ぜひ教えてほしいな」

この国の特性を生かした創薬。そのヒントは、アマルティエの小さな食堂にあった。

「プラーナ帝国といえば魔石に薬草です。もしかしたら、刻限の魔石が使えるかもしれません」

「刻限の魔石？」

ドクターフラバスは首をかしげる。

「私もまだ、詳しくは調べられていないんですが。刻限の魔石というのは、一定の瞬間を留めておく効力があるそうです。実際の風景を絵姿のようにずっと残しておけるという具合ですね。実はこれって、『物質をそこに固定する』ことに応用ができるんじゃないかと思って。出血を止めることにも使えるんじゃないかな、と」

「そんな魔石があるんだね！　すごいじゃない、セーナ君。帝国に来てまだ1か月ちょっとしか経っていないのに、もう詳しいなんて」

「たまたま見かける機会があっただけですよ。そのご縁がなければ知らないままでした」

もし開発が上手くいったら、またあの居心地のいいお店に行って、幸せなお料理で胸とお腹をいっぱいにしたいと思う。

そのためにも、目の前の仕事に全力で向き合うのだ。

「刻限の魔石だけでは生体に対して作用が安定しないと思うので、なんらかの薬草を組み合わせて製剤化するのが現実的だと思います。まずはこの案を検証したいんですけど、いいですか？」

「もちろんだとも。期待できる仮説だと思うよ。じゃあ、まずは刻限の魔石と、なるべく多くの薬草を入手しないといけないね。皇帝陛下に頼めばいいのかな」

「それが一番話が早いでしょうね。お城に戻って許可をいただいてくるので、ドクターフラバスはここで実験の準備を進めてもらえますか？」

「分かった。気をつけて帰ってね」

ドクターフラバスと別れてお城に戻り、謁見を申し込む。治療薬の件だと添えるとすぐに時間を取ってもらえて、無事に魔石の使用と国立薬草園への立ち入りを認められた。

私たちはさっそく開発に着手したのだった。

7

「釣り竿よし、撒《ま》き餌《え》よし、日焼け止めよし。うん、忘れ物はなさそうですね」

麗しの魔王様に対してこんな確認をする日が来るなんて、もし予言できる人がいるならぜひひとも会ってみたい。

ヘンドリック様の休暇が終わったため、皇帝は執務から解放された。今日からデル様と隣の島へ釣り旅行に出かけることになっている。

ちなみにやはり、大物が上がるまで帰れないらしい。私はオサシミちゃんの友達を釣ってきてくれるようお願いをしている。誰にも懐かず、広い水槽の隅で寂しそうにしているオサシミちゃんが気の毒だったのだ。

「そなたとしばらく会えぬと思うと、身を引き裂かれる思いだ」

「私も寂しいです。もちろんタラもですよ。みんなデル様のことが大好きですからね」

毎晩どんなに忙しくてもタラの顔を見てから寝ることにしているのだけれど、昨夜は寂しがったデル様に寝室に引きずり込まれてしまい、結局そのまま朝を迎えた。彼を見送ったら様子を見に行かないと。

ドアに向かっていたデル様が、はたと止まる。

「ああ、そうだ。タラと言えばだ。昨日この絵をわたしに渡してきたのだ。そなたにも見てほしい」

手渡された画用紙に目を落とすと、お腹を黒く塗りつぶされた困り顔の男性が描かれていた。

「……今までの絵とは趣向が違いますね。鳥とか花ではなく、こういうダークな感じのものに興味が出てきたんでしょうか」

「同じような絵があと2枚ある。これだ」

追加の2枚もお腹が黒い男性の絵だった。ただし微妙に違っているところがあって、1枚目より2枚目の方が黒い部分が濃く範囲も広い。3枚目には、その男性の近くに薬らしきものが描かれていた。

「順番があるみたいですね。お話になっているんでしょうか」

ストーリー性のある絵を描いたのは初めてだ。だから見てほしかったということ？

デル様はじっと絵を眺め、考えを整理するように呟いた。

「この絵を見せてくれたタラは、いつもの得意満面な顔ではなかったのだ。しきりに絵を示して、今にも泣き出しそうな不安定な様子だった。……わたしには、この男性を助けてほしがっているように見えた」

「絵の男の人を？」

画用紙に視線を戻す。誰かに見立てて描いているのかしら？

廊下から侍従の知らせが入る。皇帝の準備が整ったからもう出発するという。

「……時間ですね。このあとタラのところに行って、絵について尋ねてみます。そんなに必死に何かを訴えていたなら、聞いてあげないと」

喃語以上の言葉はないけれど、視線や身振り手振りからわかることはあるはずだ。幸い山の救護院に向かう輿が出るまでにはまだ時間がある。

「そうしてくれると助かる。わたしでは理解に限界があった。……それとセーナ。帰ってきたらゆっくり話したいと思うが、どうもタラはなんらかの能力を持っているようだ。今回のこともしかしたら、それと関係があるのかもしれない」

「えっ⁉　のっ、能力⁉」

時間がないタイミングでデル様は爆弾発言を残した。能力って、いったいなんのこと？　デル様はどうして気がついたの？

疑問が次々と湧いて出たところで、再び廊下からデル様を急かす声がかかる。このままではしびれを切らした皇帝が直接やってきそうな勢いだった。

気忙《きぜわ》しいな、とデル様がため息をつく。日よけのマントを羽織り、長い脚をドアに向けながらこう言った。

「タラの部屋で話した晩があっただろう。あのとき、そなたの椅子の足を折ったのはタラだった。ずいぶん粋なことをしてくれたと思ったが」

「へっ？　そうなんですか？」

「とにかくそういうわけだ。時間がなくてすまない。ペドロ3世がへそを曲げて帰りが遅くなることは避けたい。行ってくる」

バタン、と音を立ててドアが閉まる。

「デル様……。ひどいです。気になることだけを言い残して、行ってしまうなんて」

取り残された私は3枚の画用紙を片手に考える。

タラは身体の成長が極端に遅いし、普通とはちょっと違うんだろうなとは思っていた。デル様の血を引いているから魔法が使えたっておかしくない。妊娠中は、どんな子が産まれるのか想像して話に花を咲かせていたっけ。

まだまだ赤ちゃんだと思っていたけれど、着実にタラは成長していたのだ。

私が知らないところで能力を開花させ、そしておそらく、気まずい空気を漂わせていた両親を気遣って椅子の足を折った。

「……タラのところへ行きましょう」

愛おしさで胸がいっぱいになる。小さくて温かな身体をぎゅっと抱きしめて、ありがとうって言いたい。私の元へ生まれてきてくれて、優しく育ってくれて嬉しいと伝えたかった。

絵のことを聞くのは、もちろんそのあとだ。

8

子供部屋に行くと、タラは乳母のメアリと朝食を食べているところだった。起きて間もないのか、頭のてっぺんに温泉マークのような寝ぐせがついている。

食事が終わるのを待って、例の画用紙をみせる。

「ねえタラ。昨日父さまにくれたこの絵なんだけど、母さまもすごく気に入っちゃって。詳しくお話を聞きたいなあと思って来たの」

すると、タラははっとして大きな鳶色の目を見開いた。３枚の画用紙を床に並べ、順番に指をさし始める。最も腹部の黒が薄い絵が最初で、薬が描かれているものが最後だ。

「たいたい、にいちゃ！　おりくす、だべ！」

タラは必死に絵と自分のお腹を示したあと、おまんじゅうのような手で薬のイラストをトントンと叩いてアピールする。

デル様の言う通り、この人はお腹が痛いから助けてほしい、ということのように思えた。問題はこれが誰なのかということだ。

「この人は、タラが考えた人なの？　それとも実際にいる人なのかしら？」

タラは後者で激しく頷いてみせた。

「そう……。男の人でしょう。それで、これは眼鏡よね。そのうえタラも知っている人となると……。わかった！　ドクターフラバスね？」

「あぷあぷ」

タラはかぶりを振った。違うらしい。

他に眼鏡の人と言ったら誰がいたかしら。ブラストマイセスに残る臣下の面々を思い出す。そういえば、外務大臣のクロードもたまに伊達《だて》眼鏡をかけているわね。

「じゃあ、クロードのこと？　でも、タラとは小さいころに一度会ったきりだと思うけど」

「あぷあぷっ！」

これも外したらしい。いったい誰だろう。

途方に暮れていると、しびれを切らした様子のタラは、ハイハイをしておもちゃ箱の中から別の画用紙を持ってきた。そこには精巧なタッチで青い小鳥が描かれていて、タラの作ではないことが一目でわかった。

「これ？……あら。隅にサインがあるわね。えっと。へんど……りく？」

小鳥の右下に書かれた走るような文字は、ヘンドリック様のサインだった。そういえば彼も眼鏡をかけている。

「もしかして、ヘンドリック様のこと？」

「んだぁっ！」

伝わったことがよほど嬉しいのか、タラはパチパチと手を打ち鳴らす。

「ヘンドリック様はお腹の具合が悪いの……？」

お腹の調子が悪い日は誰にだってあるし、遊びに来た時がたまたまそういうタイミングだったのかもしれない。

――いつもならそう考えるところを、今回は少しばかり慎重な気持ちになった。ビビさんの一件や、デル様が言うタラの特殊能力の話を踏まえると、念には念をという気持ちになってくる。

「……エルネストさんに診察をお願いしておきましょう。ヘンドリック様は今日から執務再開だけど、お時間はありそうかしら」

今は何時かと時計を見上げてぎょっとする。

「あっ、いけない。もう輿が出る時間だわ！」

もちろん王妃の私を置いて出ていくことはないんだけれど、どんな立場であっても遅刻はよくないものである。

「教えてくれてありがとう、タラ。ヘンドリック様をお医者様に診てもらえるように頼んでおくわね。じゃあ、母さまは仕事に行ってくる。お利口にしているのよ」

ばたばたと子供部屋を後にして、廊下に控えている侍従にヘンドリック様の診察の手配をお願いする。承知しましたという返事に安心し、無事に輿に乗ってお城を出発したのだった。

◇

忙しなく出ていった母の背中を見送りながら、タラはほっと胸を撫で下ろしていた。

これでヘンドリックの不調に対処してもらえる。本人は特に症状を感じていないようだが、彼の腹部にかかるモヤは日に日に濃くなっていて、今や真っ黒だ。それはかつてセーナの背中から見た重病人と変わらないレベルで、このまま放っておくと死んでしまうと、僅かな経験からそう思った。

（あんなにモヤモヤができているのに、なんにも痛くないっていうこともあるんだべなあ。それとも我慢してるだけだっぺか？）

まだ2歳のタラには、難しいことはわからなかった。

けれどもひとまず、自分の仕事は終えた。早くヘンドリックの身体からモヤが消えて、また一緒にお絵描きがしたいと思うのだった。

9

救護院に到着して実験を進めていると、お城の使いから報告が入った。

「皇太子殿下ですが、診察は不要とのことでお断りになりました。ご体調は問題ないと仰《おっしゃ》っておられたそうでございます」

「……そう。わかったわ。ありがとう」

この展開はある程度予想していた。ヘンドリック様は合理主義だから、不調もないのに診察を受けるようなことはしないだろうと。ただでさえ今日は10日ぶりの執務で忙しいのだから。

「まあでも、症状がないのなら急は要さないかしらね。お城に戻ったら軽めの胃薬でも差し入れて、様子を見ることにしましょう」

自分なりに結論付け、実験器具に目を戻す。

「何の話だい？　用事でも入った？」

大鍋でベルマイン草をかき混ぜながらドクターフラバスが尋ねる。薪がごうごうと燃える音が意外に大きくて、使者との会話は聞こえなかったらしい。

「いえ、こっちの話です。作業を続けましょう」

木製の引き出しを開け、鍋に投入する別の薬草をつかみ取る。爪が引き出しの底に当たってカツンと乾いた音を立てた。

「あっ。もうなくなっちゃった」

先日、薬草園に行ってたっぷり採集してきたのだけれど。あれこれ実験に使ったら思ったより早く消費してしまった。

他の引き出しを確認すると、まだ余裕がある薬草もある一方で半分を切っているものも多い。そろそろ2回目の採集に行くタイミングのようだ。

「ドクターフラバス。午後は薬草採集に行きましょう。今度はもっと大きな籠に収穫しませんか？　こんなに早くなくなるとは思いませんでした」

「分かった。ああ暑い。いっそ外の方が涼しいよ、これは」

灼熱の気候下で薪を燃やしているから、室内はサウナのようになっていた。恵まれたお城と違ってここは低級の定常魔石が使われているから、部屋を冷やしきれないのだ。

「今日は風がありますから、外は気持ちよさそうですね。それまで頑張りましょう」

ふたり汗をかきながら実験に精を出す。

支給された昼食で一番美味しかったのはキンキンに冷えた水だったねということで意見は一致して、昼下がりに薬草園を目指して出発したのだった。

帝国最大の国立薬草園。それはこの救護院から小さな山をひとつ越えたところにある。

こういう状況に備えて、毎日軽装とぺたんこの靴で出勤してきている。トロピカリ時代の生活を思い出しながら楽しく登山したけれど、ドクターフラバスにはこたえたようだった。

「ふぅ、着きましたね！ じゃあ、さっそく摘みましょうか」

「ちょ、ちょっと待って。足が。ブラストマイセスから空を翔けてきた筋肉痛もきてるんだよ。10分だけ休憩させて」

彼はひときわ大きな樹木の根元に座り、青々と茂る枝葉を傘にして日差しから逃れる。ズボンの上からふくらはぎを揉み、いててと顔をしかめた。

ブラストマイセスから翔けてきたのは1週間ほど前の話なのに、今ごろ筋肉痛がくるだなんて。彼の運動不足はかなり深刻なようだ。

「もとの姿で登ればよかったよ。足2本じゃ負担が大きかった」

「ふふっ。やっぱり、本来の姿のほうが動きやすいんですか？」

彼の近くに腰を下ろしてハンカチで汗を拭う。木陰は涼しく、乾いた風の通り道になっていた。さらさらと囁くような葉の音が心地いい。

「もう慣れたけどね。久しぶりに魔物の姿で走り回ったから、ああこんなに楽だったんだなって思い出したんだ」

ドクターフラバスとは長い付き合いだけれど、ユニコーンの姿を見たのは初めてだった。

改めて先日の美しい白馬を思い出す。力強く、それでいてしなやかに天を翔ける姿は、まるで神話のワンシーンのようだった。

「真っ白な体軀《たいく》が空の青に映えていて格好よかったですよ。タラもすごく興奮していましたし」

初見では空飛ぶお米粒だと思ってしまって申し訳なかった。

「でも、ユニコーン族って身体のすべてが白いわけではないんですね？　たてがみに赤い筋が入っていたので、ちょっと意外でした」

ドクターフラバスの髪色と同じ、メチルオレンジのような黄味がかった赤。おでこのたてがみに、一筋染めたように入っていたのだ。

「ああ、それね。普通のユニコーンは全身白毛なんだけど、僕はどういうわけか一部毛の色が違っていてね。父も祖父もそうだから、遺伝なのかも」

お父さんのたてがみには黒い筋が、おじいさんには緑の筋が入っていたという。

「おしゃれでいいですね。ドクターフラバスのご兄弟も同じですか？」

「ありがとう。目立つから昔は嫌だったけど、人間の姿での生活が長くなったから、すっかり忘れてたよ。言われてみれば、兄貴たちの中には色がないやつもいたな。ちょうど半分半分ぐらいかな？　母に似た場合は真っ白になるのかもしれない」

「50％ですか。じゃあ、常染色体顕性遺伝なのかもしれませんね」

毛髪の色だけでなく、まぶたが一重だとか二重だとか、耳垢《みみあか》が湿っているか乾いているかなど、親から受け継いだ遺伝情報によって決まるとされる形質は多い。私たちの身体は数えきれないほどの先祖の遺伝子が継ぎはぎになってできていると思うと、自分が自分でないような気持ちになってくる。

「どうせなら、たてがみじゃなくてもっと実用的なものを受け継ぎたかったよ。僕、もっと身長がほしかったんだよね」

「そうですか？　平均的な身長だと思いますが」

「いや、身長はね、男はあって損しないんだよ。セーナ君には分からないかもしれないけど」

どこか遠い目をするドクターフラバスに、そういうものなのかしら？　と想像力を働かせる。

するとずいぶん昔の記憶が脳裏に浮上した。実家の近所にとても背の高い同級生が住んでいたのだ。両親も姉弟もみんな背が高くてモデルみたいだったし、彼自身もバレーボールが上手くて人気者だったっけ。ドクターフラバスも、そういう魅力がほしかったということだろうか。

でも、確かその男の子は――――。

「…………!!」

さあっと音を立てて全身の血の気が引いていく。埃《ほこり》をかぶったあまりに古い記憶は、一番大切な部分を隠していた。

モデルのようにすらりとしたスタイルで、バレーボール部のエースだった男の子。彼はある日の試合中に、突然倒れて亡くなったのだ。

「常染色体、顕性遺伝……？」

確かその病気も遺伝性だった。病名はなんだっただろうか。喉まで出てきているのに思い出せないことがひどくもどかしい。

そして、この男の子の件には既視感があった。なんだろう？　私はどこかでもう一度経験している？

「セーナ君？ どうしたの？ 急に固まっちゃって」

ドクターフラバスの怪訝な声。

ここで思考を途切れさせてしまったら二度と答えにたどりつけない気がして、私は問いかけに返事ができなかった。

「………！ ヘンドリック様だわ！」

急激に頭がクリアになると同時に、大きな焦燥が胸に押し寄せる。

ヘンドリック様も件《くだん》の男の子と同じように背が高く、手足が長い。眼鏡をしているのだって、少し猫背なのだって、病気に関係する身体的共通点を挙げればきりがない。

そうなると、怖いのがタラの描いた絵だ。ヘンドリック様の腹部が黒く塗りつぶされた絵。あれは腹痛なんかではなくて、もっと重大な危機の可能性があった。

「えっ。皇太子殿下がいらっしゃったの？ どこだい？」

「違います。すみません」

極めて短く答えて、再び思考の海に潜り込む。

ヘンドリック様も同じ病気なのかしら？ でも、言い切るには客観的な決め手に欠ける。タラの絵や能力だって、他人からみれば到底信じられない話だろう。

推測の域を出ない状態で本人に伝えても、多忙で論理的な彼には躱《かわ》されてしまう。彼を納得させられるだけの証拠がないといけなかった。

「存命の血縁者に、同じような症状の方がいればてっとり早いのだけど……」

病気を受け継いでいる可能性があるのは母方の家系だ。存命なのは祖母であるビビさんしか――。

「……ビビさんは、娘たちっていう言い方をしていたわ」

旦那さんが急逝したあと、娘たちを連れてアマルティエにやってきたと。そして彼女が見せてくれた一家の絵姿には、子供が2人描かれていた。

おそらくヘンドリック様のお母様の妹だ。あの日の話題には上がらなかったけれど、今もどこかで暮らしているのではないだろうか？

だとしたら。私は今すぐ彼女を訪ねなければいけない。タラの絵が真実を反映しているのであれば状況は深刻だ。

「すみません！　急用ができました。薬草採集は任せちゃっていいですか？」

荷物を引っ摑んで立ち上がると、ドクターフラバスがびくりと肩を震わせた。

「わあ驚いた！　それはもちろんいいけどさ。いきなりどうしたの？」

「後で説明します！　あっ、すみません。やっぱり緊急手術の用意をして待っててもらっていいですか？　エルネスト医官とアイーダにも声を掛けてください！」

「ええ⁉　緊急手術って。ちっとも薬草と関係ないじゃないか。おい、セーナ君⁉」

ガジャの輿に乗っていたのでは日が暮れてしまうから、全速力で山を駆け下りる。近くの集落に出ると、道をゆく辻《つじ》獣車を捕まえて飛び乗った。

夜も更けて、さざ波の音だけが響く静かなアマルティエ。汗だくで店に飛び込んできた私に、ビビさんはヘンドリック様と同じ銀色の目を丸くしたのだった。

第五章　もうひとつの真実

1

熾烈《しれつ》な日差しが照りつける日中とは打って変わって、早朝の気候は実に清々しい。青やかに茂る農作物や連なる山々にも瑞瑞《みずみず》しさが感じられ、溜池《ためいけ》には鮮やかな蓮《はす》が浮かび、丸い葉の上では蛙《かえる》が気持ちよさそうな表情で目を閉じている。

昨晩ビビさんを訪ね、もう1人の娘さんの所在を聞いたところ、名前はピッパさんと言ってアマルティエから2時間の場所に住んでいることがわかった。

『ピッパは気難しくてねえ。わたしに何も言わないのよ。最後に連絡を寄越したのはいつだったかも思い出せないぐらいなの。定期的に勤め先で採れるアカバの実を送ってくれるから、元気だとは思うんだけどねえ』勢い込んでお店に入ってきた私に驚きながらも、ビビさんはそう教えてくれた。

それから夜通し移動して、空が白んだころにこの街に入った。宿で少しだけ仮眠をとったあと再び獣車に乗り込み、ようやく目的地にたどり着いた。

赤い屋根のこぢんまりとした住宅。ピッパさんの家は、背の低い木が整然と生える広大な敷地の片隅にあった。この農園に住み込みで働いていると聞いている。

ロシナアムと共にドアをノックすると、やや間があって扉が開いた。

「どちら様でしょうか？」

ドアの影から、壮年の女性が顔だけを覗《のぞ》かせた。

「朝早くに恐れ入ります。わたくし、ビビさんの友人で薬師をしているセーナと申します。実は、皇太子殿下のことについてお話を聞きに参りました」

聞いていた38歳という年齢よりも、ずいぶんご苦労されているような印象を持った。面長で焼けた肌にはくっきりと皺が刻まれ、瞳には疲れが滲み出ていた。頭にかぶった赤いバンダナのおかげでかろうじて元気に見える。

ピッパさんは眉間に皺を寄せて怪訝な顔をする。

「お母さんのお友達？　すみませんけど、あたしは皇太子殿下については何にも知りませんよ。直接お会いしたのなんて、産まれたばかりのころに一度きりですから」

気が進まない様子だったものの、〝わたしの友人がそちらに行くから、宜しくもてなしてほしい〟というビビさんからの手紙を読むと、彼女は中に招き入れてくれた。

室内は物が少なく、木製の机と椅子がひとつずつに、食事を煮炊きする調理道具が一式。娯楽の類は見当たらず、おひとりで質素な暮らしをされているようだった。

「今、椅子を持ってきますから。お待ちください」

「わたくしは不要ですわ。どうぞお構いなく」

「ああ、そうですか？　ではおひとつでよろしいですね」

従者を連れた来客は珍しいのかもしれない。ピッパさんはじっとロシナアムを眺めたあと、奥の部屋から椅子を一脚持って戻ってきた。

――一連の動作に注目しながら、私は確信を強めていた。

ピッパさんは背骨が右に大きく側弯《そくわん》していて、姿勢や歩き方にぎこちなさがあった。ヘンドリック様のように身長が高く、手足も細長い。

私たちに出そうとしてくれているのか茶葉の缶を選んでいるけれど、銘柄の文字がよく読めないようで、缶を顔の前で前後に動かしている。

昨日思い出せなかったことは、今朝方ふいに頭に降りてきた。

かつてバレーボール部の男の子の命を奪った遺伝性の病。

その正体は、マルファン症候群だ。

2

「お母さんったら。急にご友人を寄越すなんて。すみませんね、お客様なんて普段いらっしゃらないから、なんにも準備がなくって」

「突然お邪魔してしまっているのですから、お気になさらないでください。このお茶、とっても美味しいです」

お城やビビさんの食堂で飲んだものとはまた風味が異なる。帝国は地域によってさまざまな味があって面白い。

こくりとお茶を嚥下《えんげ》して、カップをソーサーに戻す。

「お仕事の妨げになってはいけませんので、さっそく本題に入らせていただきますね」

緊張した面持ちのピッパさんに切り出す。

「皇太子殿下のこととお伝えしましたが、直接的にはピッパさん、あなたのご体調について教えていただきたいのです」

「あたしの体調ですか？　どうしてそんなことを聞くんです？」

「……理由をお伝えするのが筋だと重々承知していますが、申し訳ありません。私だけでは判断しかねることなので、今は伏せさせていただけませんか」

きょとんとしたピッパさんだったけれど、薄々事情を悟ってくれたのだろう。仕方がないといったように息を吐いた。

「朝早くからこんな田舎に来るなんて、きっと訳がおありなんでしょう。構いませんけど、母には黙っていてもらえませんか。それならお話ししますけど」

「助かります。でも、ビビさんに内緒というのはなぜですか？」

彼女は皮肉そうに口の端を上げた。

「セーナさん。あなたは薬師と言っていましたね。母と知り合いということは、知っているんでしょう？　あたしの父と姉が急に亡くなったこと」

「はい。ビビさんから伺いました」

「そんな状況で、あたしまで身体を悪くしていると知ったら母はどう思うでしょう。知らないままでいたほうがよほど幸せな人生を送れます。母はずっと苦労してきたので、これ以上辛い思いをさせたくありません」

　ピッパさんは物憂さで顔を歪めた。

「……お身体が悪くなり始めたのは、いつからですか？」

「ほんとうに小さな気づきがあったのは、10歳を過ぎたころです。ほら、ご覧になって。あたしの背骨は曲がっているんです」

　つまり成長期ということになる。ぐんぐん背は伸びる一方で、姿勢は悪くなるばかりだった。そのためよく怒られていたという。

「正しい姿勢を取ることが、すごく難しかったの。それからどんどん目も悪くなったんだけど、うちは貧しかったから眼鏡を買うお金がなくって。手足が痺《しび》れるようになってから、ああ、あたしは何かの病気なのかもしれないと思うようになったわ」

「ビビさんに相談はしなかったのですね」

「ええ。同じころに姉さんが急死したから、とてもじゃないけど言えなかった」

　けれども、症状を隠すことはもはや困難だった。異変を悟られる前に家を出て、この農園に住み込みで働き始めたという。

「こちらに来てからお医者さんにはかかりましたか？」

「お金を貯《た》めて診療所に行ったのだけど、原因はわからなかった。生まれつき身体が弱いのかもしれないとか、当たり障りないことしか言われなくて。まあ、ご覧の通り田舎ですから。質のいい医者はいなくて当たり前かもしれません」

「農園で働き始めたあとは、あまりビビさんとは会っていないと伺いましたが」

「母はそんなことまで話したの？　ええ、そうよ。だって、この姿を見せてしまったら心配すると思うもの。10年くらい前までは訪ねてくることもあったけど、仕事が忙しいと言って会わずにいたら、そのうち来なくなったわ」

その話を聞いて、私はやるせない気持ちになった。ビビさんはピッパさんのことを気難しいと言っていたけれど、実際のところは心配を掛けないために距離を取っていただけだったのだから。

場に流れる重い空気を察知して、ピッパさんが取り繕う。

「ごめんなさい。うちの事情は関係なかったわよね。……ここの仕事って、お給料は低いけど身体的には楽なの。アカバの木は背が低いから背中が曲がっていても収穫しやすいし、アマルティエより静かだから心穏やかに暮らせる。無理をせずに済んでるから、実はここに来てからはあまり症状が悪化していないの。悪くなっているのは視力ぐらいかしら。病気じゃなくて年齢のせいかもしれないけど」

「表の低木がアカバの木なんですよね。ずいぶん広い農園で驚きました」

そう言うと、彼女は初めて嬉しそうに顔を綻ばせた。

「そうでしょう。アカバの実が美容に良いと広まってからは、どんどん作地が広くなってね。そのぶん従業員の人数も多いから助かってるの。調子の悪い日は休めますから。皆さん親切ですよ」

言葉の端々から、ピッパさんはお金よりも健康を大事にして生活していることが窺《うかが》える。

「お身体を労《いたわ》りながら暮らしていらっしゃるんですね。おひとりで困るようなことはありませんか？」

「いえ、今のところ特には。母には結婚はまだかとせつかれたものですけど、早死にの家系だから、配偶者を持つことは諦めているわ。誰だって家族が死ぬのは悲しいもの。……あら、ごめんなさい。また暗い話になっちゃった」

貼り付けたような微笑みが胸を締め付ける。

かける言葉を探したけれど、自分に何が言えるんだろうと躊躇《ちゅうちょ》した。「うまく付き合っていきましょう」「誰にでも不調はありますから」「あまり気にされない方が良いですよ」――とってつけたような言葉など、誰の心にも響かない。開きかけた口をそっと閉じる。

病苦の渦中にある人との対話には、いつだって正解がない気がする。それは時に、どんな素晴らしい新薬を開発するより難しいことだと思うのだ。

3

「それで、他に知りたいことはあります？　すみませんけど、そろそろ仕事の支度をしないとけないの」

「お時間ですか。すみません。では、最後に2つだけ確認させてください」

席を立って傍らに回り込むと、彼女は不思議そうな顔をした。

「このようにして、親指と小指でもう片方の手首を握ってみてもらえますか？」

「えっと……これでいい？」

「はい、合っています」

ピッパさんの小指の第一関節は、完全に親指と重なっていた。

「次ですね。どちらの手でもいいので、親指を曲げて手のひらに握り込んでみてください。はいそうです。……親指の爪が小指の外に出ますね。ありがとうございました」

「あの。これで何がわかるのかしら？」

前者はWalker-Murdoch手首徴候、後者はSteinberg親指徴候といって、マルファン症候群の診断の際に考慮される症状だ。

ピッパさんの場合、これまで聞き取った内容や身体的特徴、そして家族歴などを踏まえると、黒とみて間違いないだろう。

――そして、ヘンドリック様も。

大きく息を吐き、高鳴り始めた心臓を抑えるように胸に手を当てる。

「ご協力に感謝します。おかげで大事なことがわかりました。日を改めて、またお伺いしてもよろしいですか？」

今この場で話せない事情をピッパさんは汲《く》み取《と》ってくれた。私がなぜ朝早くに来て、そしてすべてを詳《つまび》らかにすることなく帰るのか。それはすべて、間接的にこの件に関係する人物が理由であると。

「あたしは皇太子殿下のお役に立てたのかしら？」

「はい。とても」

頭を下げると、ピッパさんはほっとしたように肩を撫で下ろす。

「よかった。あの子……と言っていいのか分からないけど。姉さんが亡くなってから、叔母として何もしてあげられなかったことがずっと気になっていたの。まあ、こんなあたしにできることなんて無いんだけど、それでもやっぱり、ね……」

ぎゅっと暖かい手で私の手を握り、そして潤む目で見上げた。

「ヘンドリックをよろしくお願いします。セーナさん」

「承りました。……では、近いうちに必ずまた来ます。ピッパさんもお身体を大切にしてくださいね。無理は禁物です」

最後にピッパさんは、せっかく来てくれたのだからとアカバの実をお土産に持たせてくれた。菫色《すみれいろ》の実が詰まったバスケットを抱えて農園を後にする。

眼前には、ほんの1時間前と同じうららかな田園風景が広がる。けれども、私の心中はまったく穏やかではなかった。状況は一刻を争う事態だ。

「ロシナアム。急いでお城に戻るわよ！

「承知しました。獣車はあちらに」

私は獣車に向かって走り出す。どうか間に合ってと、一心に願いながら。

4

御者が威勢のいい声でラグーに鞭《むち》を当てる。

急ぎ皇城へ引き返す獣車に揺られながら、気が気ではなかった。

マルファン症候群は、結合組織を構成するフィブリリン蛋白《たんぱく》の量的・質的異常が原因だ。結合組織というのは細胞と細胞を繋ぐ役割をしていて、それがもろくなってしまうことで種々の症状が現れる。高身長、長い手足といった骨格異常もそのひとつだ。

そして、最も注意すべきものが心血管系の合併症だ。大動脈の血管壁がもろくなると、3層になっている血管壁の間に血液が漏れ出して裂けてしまったり、瘤《こぶ》ができて破裂したりする。大動脈は直径が2㎝もある人体最大の血管だから、それが損傷することは生命の危機に直結する。

想像して、思わずぶるりと身体が震えた。

タラが絵に描いたヘンドリック様の腹部。黒い部分はだんだん大きく、そして濃くなっていた。これはきっと腹部の大動脈に解離か瘤か――とにかくなんらかの異常が起きていることを示唆していたのだ。

「腹痛なんかじゃ、なかったんだわ……」

大動脈の病変の多くは自覚症状がないという。だからヘンドリック様自身も不調を感じていなかったのだ。

「大丈夫。間に合うわ。今ごろヘンドリック様は書類の山に追われて机に向かっているはず。急激に身体に負荷を掛けなければ、今すぐどうこうなることはないわ」

自分に言い聞かせるように呟くと、向かいに座るロシナアムが疑問を呈した。

「ピッパ様も同じご病気なのですわよね？　彼女は問題ないのでしょうか」

「もちろんピッパさんにもリスクはあるわ。でも、ヘンドリック様は急激に症状が進んでいる可能性があるの。まずはヘンドリック様の治療をして、ピッパさんはそのあとね。だからまた近いうちに来ると伝えたのよ」

「そういうことですのね」

再び車内は無言になる。

ふと空腹に気がついた私は、バスケットいっぱいに入った菫色の果実をひとつ手に取る。昨日の昼から何も食べていなかった。

アカバの実は、目の覚めるような甘酸っぱい味がした。

ほんの1日ぶりなのに、もっと長いあいだ留守にしていた気がする。それほどこの24時間は長く感じられた。

お城に帰りついた私たちは、至急ヘンドリック様に取次ぎを依頼した。

そわそわしながら自室で返答を待っていると、やってきたのは恐縮した様子のヘンドリック様の執事さんだった。

「王妃殿下。申し訳ございません。皇太子殿下は本日お戻りにならない予定でございます」

「どこかへお出かけですか？」

「アイーダ殿下とともに、軍の演習に参加しておられます」

恭しく礼を取る執事さんだけれど、私は頭が真っ白になっていた。

軍の演習？　それってつまり、自分も訓練に参加しているということ？

いいや、まさか。ヘンドリック様は皇太子だから座って指揮するだけだろう。そうであってほしかった。

一気に干上がった口を必死に動かす。

「しっ、執事さん。ヘンドリック様は指揮をするだけですよね？」

「それが、ご自分も兵に混ざって体験されるそうです。軍を動かす立場になるからには、兵の心を掴む必要があると仰られまして。わたくしはお止めしたのですがね。先日乗獣で肩を脱臼されたように、殿下はあまり運動が得意ではございませんから。ご苦労されることが目に見えています」

ひゅっと喉が鳴る。

絶対にだめだ。そんなことをしたら、身体に大きな負荷を掛けたら。大動脈が損傷してしまう。死んでしまう。

今すぐに辞めさせないと！

開きかけた唇は、廊下から上がった近衛の叫び声によってぴたりと止まる。

「トマス様！　緊急の伝令で参りました！」

「どうしたのです？　王妃殿下の前ですよ。騒がしい」

執事のトマスさんは私に断りを入れて扉を開ける。現れた近衛は真っ赤な顔に滝のような汗をかいている。叫ぶように報告を始めた。

「こっ、皇太子殿下が！　演習場で急にお倒れになり、意識を失われました！」

5

慮外の報告を受けたトマスさんは急激に色を失った。

「なっ⁉　それは事実ですか？」

「演習場から最も近い本城付属の救護院に搬送中です！　詳しい容態はまだ……」

近衛とトマスさんは呆然自失《ぼうぜんじしつ》として立ち尽くしていた。

恐れていたことが起きてしまった。

「一歩、遅かったのね……」

どくん、どくん、と心臓が嫌な音を立てて脈を打つ。いつの間にか固く握りしめていた拳には、じっとりと汗が滲んでいた。

「救護院はどこですか？」

自分ではないような声だと思いながら訊《たず》ねる。

「おお、王妃殿下は薬師であられましたね。こちらです。北の塔の1階です！」

我を取り戻したトマスさんの後に続いてお城を駆け抜ける。

永遠にも思える距離を走って救護院に飛び込むと、大勢の医官や兵士に囲まれて横たわるヘンドリック様の姿があった。ちょうど到着したところのようだった。

「兄上！　聞こえるか⁉　兄上！」

身体に縋《すが》りついて叫んでいるのはアイーダだ。

ヘンドリック様の四肢はだらりと担架から下がり、血の気のない顔面は力なく横に傾いている。

アイーダの反対側に、ウエーブしたグレーの髪を見つける。

「エルネストさんっ！」

駆け寄ると、彼は私に気がつき驚いた顔をした。

「王妃殿下！　もしかして、王妃殿下はこのようなことになることを予期されていたのですか？　だから診察や緊急手術のご指示を？」

「はい！　ヘンドリック殿下は腹部大動脈が解離、あるいは破裂していると思われます。大至急手術を行いましょう。それしか救命の方法はありません！」

「大動脈が？　それは非常にまずい状況ですね。わかりました。準備します」

さっと顔色を変えたエルネストさんを見て、アイーダは涙をいっぱいに溜めた瞳を軍服の袖でぐいと拭う。そして気丈にこう言った。

「わっ、わたしも助手に入ろう。このまま兄上を死なせてたまるものか」

「アイーダ、無理しないで。かなり難しい手術だから、妹のあなたには酷だと思う」

腹部大動脈瘤《りゅう》が破裂してしまったときの手術成功率は、現代日本でだっておよそ8割しかないのだ。厳しい現実に直面していると言わざるを得ない。

「いいんだ。わたしが見ていないところで兄上に何か起こるほうが耐えられない」

そう言い切って、彼女は手術の用意に向かっていった。


地階の手術室は、事前に伝えていたこともあって、ものの数分で準備が整った。

執刀はエルネストさんと、一足遅れて現場に到着したドクターフラバスのふたりで分担する。助手はアイーダと私で務めることになった。その他、補助役の医官や看護官が数名控えている。

手術台に横たわるヘンドリック様は口元に装具が当てられ、そこから伸びるチューブは毒々しい色の花が入ったガラス容器に繋がっている。アネステの新鮮花だ。

実の部分は局部麻酔に使うけれど、新鮮花が放つ香気は作用がより強力で、侵襲性の高い手術の全身麻酔に使うのだという。

「では始めますよ。腹部正中切開」

いつも穏やかなエルネストさんの目は射貫くように鋭い。胸腹部だけくりぬかれた緑色の布から露出する肌の、鳩尾《みぞおち》あたりにぴたりとメスが当てられる。迷いのない手で臍方向に滑らせた。

「術野展開します。アイーダ、腸管の移動を補助して」

「分かった」

横行結腸や小腸を右側に移動させ、濡らした布とブレードを使って固定する。

後腹膜を露出すると、赤黒い凝血塊が透けて見えた。

「出血がひどいな。急いで大動脈を遮断しないと。後腹膜切開すると血圧が下がる可能性があるから、ママラン草の量を全開にして」

「はいっ」

血圧を上げる働きのあるママラン草の精製液を管に追加する。金色に光る薬液がヘンドリック様の体内に流れ込んでいった。

エルネストさんとドクターフラバスで手分けをして、脂肪織の結紮《けっさつ》・切離を繰り返しながら、慎重に大動脈を探っていく。

「……あった！　ここに瘤がある。剝離を進めるね」

左腎静脈に注意しながら瘤の頸部《けいぶ》を確保していく。

「遮断鉗子《かんし》だ」

アイーダが素早く器具を手渡す。

「ありがとう。……よし。遮断完了。抹消側も急ごう」

血腫が緊満しているため、作業は容易でない。それでもブラストマイセス王国とプラーナ帝国の名医にかかれば、速やかに血管が露出されていく。

「──総腸骨動脈、遮断完了」

鉗子を留め置くカチッという音が、緊迫した現場にひとつの安心感を与えた。

破裂部位の上下で血流を遮断することに成功したので、ひとまず大きな出血は止めることができたのだ。

患部に触れたエルネストさんは固い声を出す。

「瘤とその周辺は血管が脆弱《ぜいじゃく》ですね。縫合に耐えられるでしょうか」

「うーん。これはちょっと厳しそうだな」

破裂した瘤や組織が脆弱な部分を切り取って吻合《ふんごう》するとなると、どうやっても血管の長さが足りなくなる。それは素人目にも明らかだった。

エルネストさんは悔しそうに目元を歪めた。

「このような患者は戦地でも数多く診てきました。大血管を損傷してしまうと為《な》す術《すべ》がないんです。どうにか繋ぎ合わせられたらと、何度も口惜《くちお》しい思いをしてきました」

「エル……」

アイーダは彼を気遣うように見やり、そしてドクターフラバスに視線を移す。

「なにか策はないだろうか、フラバス殿。失った血管の代わりになるものは、どうしても存在しないんだろうか」

「そうだねえ。うーん。ブラストマイセスだったら開発中の人工血管があったんだけど、持って来ていないし……」

──人工血管？

素通りしかけたその単語を繋ぎとめる。

「……！　そうだ！　私、人工血管を持ってきています！」

そうだ。持っているじゃないの！　帝国滞在中の仕事として、ひとつだけ試作品を持ち込んでいる。

「それは本当か、セーナ君！」

ドクターフラバスが興奮した声を上げる。

「すぐに持ってきてくれるかい。ああ、よかった！」

「人工血管とは初めて聞きました。血管の代わりとして機能するのですか？　なんと素晴らしいのでしょう」

「兄上は助かるのだな⁉　ありがとう。感謝してもしきれない」

補助役の看護官にお願いして、すぐさま私の部屋から人工血管を持ってきてもらった。

瘤の切開を進め、これで手術の見通しが立ったと安堵の空気が流れていたのだけれど。

ひとつ問題が発生した。

「……困ったな。人工血管の大きさが合わない」

ドクターフラバスが顔を上げ、手にしていた人工血管をトレイに戻す。

事態はこうだった。私が持っていた人工血管の直径は16㎜で、繋ぎ合わせたい血管径は27㎜。太さが足りないため、繋ぎ合わせることができなかったのだ。

「研究上では、このサイズが最も多くの人に適合できるはずだったのですが」

焦り声を出すと、彼は冷静に言った。

「帝国とブラストマイセスの民では、少し身体に違いがあるのかもしれないね。こっちの人のほうが大柄だから、血管も若干だけど太いんだろう」

その言葉に私は納得した。元居た世界だって国ごとに体格差はあったし、同じ薬でも国が違えば容量が異なっていたからだ。

「わたくしにも見せていただいてよろしいですか？　無理に吻合すると血液が漏れて危険です」

エルネストさんが別の医官に作業を代わってもらい、ドクターフラバスの手元を覗き込む。

その途端、医官が小さく悲鳴を上げた。

「あっ……！　すっ、すみません！　血管に触れてしまいました！」

言葉より早く術野に真っ赤なものが広がっていく。鋭利な器具が触れて傷ついてしまった動脈から出血が始まっていた。

「いけない。止血しないと」

エルネストさんが機敏に元の位置に戻ってガーゼを摑む。

「すみません！　すみません‼」

ミスしてしまった医官の泣きそうな叫び声が響き渡る。

「出血量が多いな。まずいぞこれは」

ヘンドリック様は動脈瘤が破裂したときにも大量の血を失っている。出血量は命に関わるレベルに及んでいた。

輸血をしようにも、この場にいる人は全員ヘンドリック様とは血液型が異なる。唯一血液型が同じ皇帝も釣り旅行に出ていて不在だ。違う部署から人員を集めて血液型を測定し、輸血を募るしか方法はなかった。

指示を受けた看護官が血液を確保しに手術室を飛び出していく。

しかしこの場の誰もが、血液の確保は厳しいだろうという暗黙の認識を持っていた。

血液型という未知の概念を信じる信じないという点に加えて、自分の血をとって皇太子の身体に入れるなど、恐れ多くて到底受け入れられないだろう。皇太子になにか間違いでもあったら自分の命が危ないと思うはずだ。説き伏せているうちにタイムリミットを迎える想像がつく。

血管を繋ぎ合わせることもできず、想定外の大出血を起こしている。まさに絶体絶命だった。

「あに、うえ…………」

アイーダの声が潤む。両手はがたがたと震え始め、今にも器具を取り落としそうだった。

「しっかりしなさい、アイーダ！　まだ手術中ですよ。諦めるんじゃない！」

エルネストさんの檄《げき》が飛ぶ。

ドクターフラバスの手術帽には跳ねた血液が付着している。これまで見たことがないほど険しい表情をしていた。

創部の状態よりも、よく知っている人が明らかな焦りをみせていることで、私の中にも恐怖が実感として広がっていく。

ヘンドリック様――――。

思わず彼の顔に目をやる。あたたかい血液を喪失していくその顔は、蠟《ろう》人形のように不自然に白い。どこか悲しげな表情にみえるのは、気のせいであってほしかった。

6

突然始まった夢の中で、彼はいま、何を思うのだろう。

死神に怯え、生の女神には微笑まれず、人生という深い森の中をあてもなくさ迷っていたヘンドリック様。生きることを諦め、人を寄せ付けず、自ら望んで孤立していた。

自分に幸福が訪れることなどあり得ないと、己の数奇な運命を呪い続けていた。

……それでも彼は、この国の誰よりも生に焦がれていた。叶わない物事こそ、どうしても手に入れたくなるもの。本人さえも認知することのできない心の深淵《しんえん》には、決して満たされることのない渇望が渦巻いていた。

血友病ではないと知ったときの喜びに満ちた姿。暗い地中から出てきて初めて陽の光を浴びた蟬《せみ》のような、ひどく眩しそうな表情。それらははっきりと脳裏に焼き付いている。

「…………嫌だ。死なないで、ヘンドリック様」

彼の人生は、まさにこれからだったのに。

一緒に過ごした資料室での光景が、走馬灯のように次々浮かんでは消えていく。

不老不死なのに、なぜ人を救うのかと尋ねたときの軽蔑の眼差し。けれども対話を重ねるうちに、毛を逆立てた野良猫のようだった態度は鳴りを潜め、最後には今にも泣きそうな顔でこう言ってくれた。

『皇族の男子は死ぬばかりでしたが、僕でも誰かを救うことはできるんでしょうか？』

彼が初めて自分の未来に縋った瞬間だった。その問いに、きっとできると私は答えたのだ。

それは何の話をしていたときだったか。たしか彼の右手には、自作したという製作物が握られていた。作っていて楽しかったと、ヘンドリック様はそう教えてくれていた

――。

「…………！」

記憶を探って答えに行き当たったとき、全身に熱い震えが走った。

「人工血管だわ……」

彼の声が脳内でリフレインする。

『……少々、工夫をしてみたんです。堅牢の魔石を粉状にしたものを使って強度を高めました。しかし丈夫なだけでは体内でうまく機能しないでしょうから、開口部と襞の部分には柔靭魔石を使って柔軟性を担保しています……』

――開口部に柔軟性？　その言葉は天からの啓示のように、閃光《せんこう》をともなって私の脳内を駆け抜けた。

無我夢中で叫んだ。そうしないと、せっかく思い出したものが頭からこぼれ落ちてしまいそうだった。

「人工血管！　ヘンドリック様も作っていました！　開口部に優れた柔軟性があるものです！　それなら口径の調節が可能なので、繋ぎ合わせられるはずです！」

あのとき実際に触ったからわかる。私が作ったものとは違って、ゴムのようにしなやかで丈夫な血管だった。断端の形成を工夫すれば、径の異なる血管にも適合できるはずだ。

手術室にいる誰もが、自分の耳を疑っているようだった。

時を止める魔法でもかけられたように一瞬の静寂が流れ、そして再び動き出す。

「本当⁉　大至急持ってきて！」

「損傷部位の縫合、急ぎます！」

血相を変えた皇帝が飛び込んできたのは、そんなタイミングだった。

手術室の扉が、その場にふさわしくない乱暴な音を立てて開け放たれた。

「ヘンドリックが倒れただと⁉　容態は⁉　必ず助けよ！」

「陛下⁉」

一同の視線を独占した皇帝は、補助役の医官の制止を振り切って、肩を怒らせ手術台へやってきた。裂かれた腹部を直視して一瞬眉をひそめたものの、鼻息荒くエルネストさんに詰め寄った。

「急に倒れたと聞いたぞ。ヘンドリックは健康体ではなかったのか？　どういうことか説明せよ、エルネスト！」

怒号を正面から浴びせられたが、エルネストさんは冷静だった。視線を真っ直ぐ皇帝に向けて淡々と答える。

「緊急事態です。恐れ入りますが、今はご説明よりも処置を優先させてくださいませんか。大量に出血していて危険な状態です」

すると、皇帝は何の迷いもなく言い放った。

「出血だ？　血が足りぬのか。では儂の血を使えばよい。なんだったか、血液型だったか？　儂とヘンドリックは同じ型だと、そこの王妃が申しておったであろう！」

向けられた視線にはっとする。

「はっ、はい！　間違いありません。皇帝陛下もヘンドリック様も、A型です」

「よろしいのですか、ペドロ陛下」

ドクターフラバスが念を押すけれど、その手にはすでに採血容器がある。時間の猶予はもうなかった。

「構わぬ。とれるだけとって、必ずや息子を助けよ」

彼は旅行着の袖をまくり上げ、どかっと勢いよく台に腰かけた。衣服の乱れや頭に浮かぶ玉のような汗から、よほど慌てて駆け付けたのだろう。

でも、皇帝は旅行に出ていたはずなのに、どうしてすぐに戻って来られたのかしら？

そう思っていると、誰かがぽんと肩に触れた。

「間に合ったようでよかった。後は頼んだぞ、我が妃よ」

「デル様⁉」

振り返ると麗しの魔王様だった。凪《な》いだ海のような瞳をみて、終始昂《たかぶ》っていた気持ちがすうっと静まっていく。

「皇太子が倒れたという報伝魔石を見て、急ぎ転移魔法で帰ってきたのだ」

「でも、魔法の使用は禁じられているはずでは……」

「ペドロ3世がそれを望んだ。とにかく帰るのだとひどい慌てぶりだったぞ。皇帝とはいえ、あとで罰は受けることになるだろう」

「そうだったんですか……。でも、デル様が一緒だったのは不幸中の幸いでした。今すぐ輸血ができなければヘンドリック様の救命は難しかったですから。ほんとうにありがとうございます」

「うむ。そなたの力になれたなら幸いだ」

デル様はそっと私の頰に触れたあと、手術室から出ていった。

彼と入れ替わるように駆け込んできた看護官は、二股になった筒状のものを宙に掲げた。

「お持ちいたしました！　皇太子殿下がおつくりになった人工血管でございます！」

わあっと手術室内から歓声が上がる。

「兄上……。よかった。ほんとうに、よかったなあ…………！」

涙を絞ったようなアイーダの声は、先ほどのように絶望に塗りつぶされたものではなく、希望に満ちあふれていた。

父親の血液がとくとくと流れ込み、大動脈は迅速に置換される。

顔には生気が戻り、氷のように冷たかった指先には僅かな温かさが通い始める。

ヘンドリック様の命の息吹は、確かにここに、戻ってきた。

7

カタコトと軽快な音を立てて、獣車は田園風景の中をゆく。

雨季への移ろいを控えた帝国は、温かい雨が降る日が増えてきた。皇都プンカから離れたこの周辺も明けに一雨降ったようで、車窓に流れる浜の土は湿っている。

「……ねえ、大丈夫かしら。わたしが行って、ピッパは嫌な顔をしないかしら」

出発してから1時間経つというのに、ビビさんは落ち着かない様子で同じ質問を繰り返す。

「ピッパさんから了承をもらっているので心配ないですよ。……でも、緊張しますよね。何年ぶりですか？」

「10年は会っていないわね」

気ぜわしくビビさんは手に握ったハンカチを揉む。

「それにしても、ピッパも病気だったなんて。気付いてあげられなくて悪かったわ。ずっと我慢をさせてしまって、だめな母親ね」

「そんなことありませんよ。ピッパさんはビビさんに幸せになってほしいからこそ、こういう選択をしたんですから。大切に思っている証拠です」

「そう……？　だといいのだけれど……」

ビビさんは固い表情のまま車窓の外に視線を移し、再び口を閉ざした。

ヘンドリック様は、自分の作った人工血管と皇帝の輸血によって一命をとりとめた。彼女も無事に手術を終えたあと、私はタラを連れてピッパさんのもとに舞い戻った。彼女もマルファン症候群だから、大動脈に異変をきたしている可能性があったのだ。

改めて事情を説明したピッパさんに動揺はなかった。やっぱり自分は病気だったのだ、ということにむしろ安堵している様子で、父親と姉が急死した原因がわかったことにお礼を言ってくれた。

賢いタラは状況を理解していて、『ピッパさんの身体に悪いところがあったら、絵に描いて教えてくれる？』とお願いすると、『あいやい！』と元気に返事をしてくれた。

意外なことにも、画用紙の上のピッパさんは、目と腰、そして胸のあたりにほんの少し灰色があるだけだった。黒色で力強く塗りつぶされていたヘンドリック様の絵とはまるで違っていた。

『これなら、ほとんど病変は起こっていないと考えていいのかしら』という呟きに、タラは『んだっ！』と声を上げ、きゃらきゃらと笑った。

〝——どうもタラは、なんらかの能力を持っているようだ〟

デル様の声が頭の中に呼び起こされる。その言葉に背中を押されるようにして、私はタラを信じてみようと思った。

急変する可能性は低いことを説明し、一緒に来てくれたエルネストさんと症状を和らげる薬を調合した。朝晩にこれを飲み、引き続き身体を大事にして過ごしてほしいと。

ピッパさんはすっきりとした顔つきをしていた。彼女もまた、長年正体不明の病に悩まされ、多くのことを諦めてきたのだろうと思うと、胸が痛かった。

だから、こう言わずにはいられなかったのだ。

「ピッパさん。ビビさんに会ってみませんか？」

――それが2週間ほど前の出来事。

それからデル様とビビさんのお店を再訪して、事の顛末《てんまつ》を説明し、本日の訪問が実現した。ほんとうはデル様も来る予定だったのだけれど、例によって皇帝に付き合わされている。帝国滞在も残り僅かとなったので、きっとデル様と離れるのが寂しいのだろう。再延長はない。私たちは明後日に、今度こそブラストマイセスへ帰るのだ。

気がつけば、窓の外は一面にアカバの低木が茂っている。間もなく農園に到着するしだ。

赤い屋根の可愛らしい住宅。獣車から降りたビビさんは「ここにピッパが住んでいるのね」と漏らし、感じ入ったように壁を撫でた。

ノックをするとゆっくりと扉が開く。ピッパさんが姿を現した。

「ああピッパ！　身体は大丈夫なのね⁉　よく顔を見せてちょうだいな」

「ちょっとお母さん！　やめてよ。あたしはもう子供じゃないんだから。お薬をいただいているから大丈夫だってば」

抱きついたビビさんにピッパさんは顔を赤くしたけれど、結局されるがままになって頬を緩ませている。私は「病気の原因も当面の治療薬もわかったのだから、ビビさんから距離を置かなくてもよいのではないですか？」と説得したことを思い出しながら、無事に引き合わせることができてよかったと胸を撫で下ろした。

採れたての新鮮なアカバの実を食べながら、2人はこれまでどういう風に過ごしていたのか、積もる話を語り合っていた。ピッパさんは矢継ぎ早に質問をするビビさんに「お母さんってば。これは取り調べなの？」と呆れていたけれど、次第に母娘《おやこ》の距離は縮まり、いつしか一緒になって笑い声を上げていたのだった。

空白の月日を埋めるかのような会話が一段落すると、2人の関心事はヘンドリック様に移った。

「セーナさん。たしかあの子、身体が悪いという話だったわね？　あれからどう？　付き合いのあるお貴族様から、なにか情報は入ってない？」

ビビさんとピッパさんは、心配そうな顔で私を見た。

ちらりと時計に目を向ける。私たちが到着してから1時間が経っていた。

小鳥がさえずるのどかな家の外が、にわかに騒がしくなる。元気なラグーの咆哮《ほうこう》と、大人数をうかがわせる雑多な足音に、ピッパさんは首をかしげて窓の外を見る。

「騒々しいわね。どうしたのかしら？　あら、誰か来ているみたい。すごく豪華な獣車だわ。しかも黄金色のラグーじゃないの！　領主様でもいらしたの？」

こんな農園に貴族が何の用だろうと訝《いぶか》しむ2人。

その答えを知っている私は、今から始まる素晴らしい出会いに胸を高鳴らせる。

「先ほどの質問ですが。ご本人に聞いてみてはいかがですか？」

8

私の言葉に2人は目を丸くした。

「えっ？　それってどういう意味……」

言葉の先は、扉の外で口上を述べる近衛の声でかき消される。

「ヘンドリック皇太子殿下がお越しである！　急ぎ扉を開けられよ！」

「こっ、皇太子殿下が？　本当に？　ど、どうしてこんなところに……」

激しく動転しながら、ピッパさんは訳もわからずドアに飛びつく。ビビさんは口元に手を当てて、半信半疑の表情で目を潤ませていた。

「おばあ様、叔母様。ご無沙汰しておりました」

穏やかな言葉と共に姿を表したのは、ヘンドリック様その人だった。車椅子の背は執事のトマスさんが押している。

「ヘンドリック！　車椅子だなんてどうしたの。ああいえ、違うわね。ごめんなさい。皇太子殿下、これはいかがされたのでしょうか」

ビビさんがこの世の終わりのような顔をして尋ねる。ヘンドリック様は彼女に柔らかい視線を向け、にこやかに微笑んだ。

「そんなに畏《かしこ》まらないでください、おばあ様。トマス、皆を連れて外で待機してくれ」

「かしこまりました」

大勢の護衛を部屋から追い出し、4人で1人用の小さなテーブルを囲む形になった。

「これはですね、なくても歩くことはできるのですが、心配性な医官に押し付けられまして。先日大きな手術をしたのですが、もう大丈夫です」

「そうなの？　ああ、よかったわ。あなたのことずっと心配していたのよ！　こんなに大きくなって……立派になったのね……」

ビビさんは目の前にヘンドリック様がいるということが信じられないようで、声を上ずらせる。

「手紙に返事を出さなくてすみませんでした。おばあ様が僕のことを気に掛けていてくれたことは分かっていたんですが……」

言《い》い淀《よど》むと、ビビさんは「いいのよ、いいの！」と手を振った。

「今まで大変だったんでしょう。こうしてまた会えただけですごく嬉しいわ。ほんとうに、もう身体はいいのね？」

「ありがとうございます。経過は良好ですからご心配なく」

ヘンドリック様は、今度はピッパさんのほうへ身体を向けた。

「叔母様。ひとえにあなたのおかげです。僕の病を突き止められたのは、叔母様が協力してくれたからだと聞いています」

ピッパさんは慌てるようにかぶりを振った。

「そんなそんな！　あたしはむしろ、皇太子殿下になんにもできていなくて……」

「どうかヘンドリックと。叔母様がもし今まで生きていてくれなかったら、僕も原因不明のまま命を落としていたでしょう。おばあ様と離れて、おひとりで過ごしていたと聞きました。こんなことを言ったら失礼かもしれませんが、その日々があったおかげで僕は助かったと思っています」

その言葉を受けて、ピッパさんはぐっと胸が詰まったような顔になる。きつく結ばれた唇は小刻みに震え、目にはみるみる透明なものが盛り上がった。

「あたしの人生は、無駄ではなかったのね……」

はらはらと涙を流すピッパさん。ビビさんは机の上に置かれた彼女の手を、そっと両手で包み込んだ。

ヘンドリック様は晴れやかな顔で言う。

「要らない人生なんてないのだと、僕もつい最近知ったんです。そちらのセーナ王妃殿下から教わりました」

「「えっ？　王妃殿下!?」」

　2人の首が、ちぎれんばかりの勢いでこちらに回る。ピッパさんの涙は衝撃のあまり引っ込んでしまっていた。

　これでもかと見開かれた4つの眼《め》。一気にきまりが悪くなる。

「……すみません。実は、商家の身なりをしていたのはお城の外を散策するための変装だったんです。普段はブラストマイセス王国というところの王妃をやっています。騙すような形になってしまってごめんなさい」

「じゃあ、薬師というのも？」

「薬師なのはほんとうです」

　信じられないといった顔つきで私を眺め回していたけれど、はっとして頭を下げた。

「もっ、申し訳ありません。不躾《ぶしつけ》に王妃殿下を見てしまって」

「いえ、大丈夫ですよ。よく王妃らしくないって言われるんです。なので、よかったら今までのように気安く話してくださいませんか？　そのほうが嬉しいんです」

「でも……王妃殿下にそんなことは……」

　顔を見合わせる2人。困らせてしまっていることに私も往生していると、ヘンドリック様が提案した。

「お言葉に甘えてみてはどうですか？　王妃殿下は明後日には帰国なされます。この国で友人ができたことを、それは喜んでくださっているのですよ」

「そ、そう……？　じゃあ、そうさせていただこうかしら」

皇太子である彼が切り出したことで、受け入れやすかったのかもしれない。２人はわかりやすく安堵していた。

ビビさんがその場を代表するように、改まって口を開く。

「セーナ様、ありがとうございます。わたしたちは全員あなたに救われたのですね」

「そんな大層なことではありませんよ。もとはと言えば、皇帝陛下からの依頼があったからですし」

私は皇帝もこの場にいてもよかったのではないかしら、と思った。

彼は一癖も二癖もある人物で、照れの裏返しなのかあまのじゃくだけれど、家族に情のある人物だということは私も理解できるようになっていた。でなければ結婚後十何年も経つ妻に熱烈なラブレターを書いたりしないだろうし、ヘンドリック様が倒れたと聞いて、自国の法律を破ってまで転移魔法で帰ってきたりしない。採血もたぶん苦手だったのだろうけど、青い顔をしながら大量の輸血処置に耐えてくれた。

すべては息子のため。呪いを恐れてずっとヘンドリック様をお城に軟禁しちゃうくらい、皇帝の家族愛は深いのだ。ほんとうにわかりにくい人だと思う。

きっと、亡きヘンドリック様のお母様も大切にされていたに違いない。

「せっかくご家族が揃《そろ》っているので、私、ヘンドリック様のお母様の話が聞きたいです。

皇帝陛下との馴《な》れ初《そ》めとか、とっても気になるんですけど」

3人の顔がぱあっと明るくなる。

「それ、僕も知りたいな。母に聞いても恥ずかしがって教えてくれなかったんです」

「あら、そうなの？　でも、そうねえ。恥ずかしくなる気持ちも分かるわ。大恋愛に違いなかったもの」

ビビさんが含み笑いをすると、ピッパさんも懐かしそうに振り返る。

「陛下がお忍びでうちに来ると、あたしは気をきかせてお隣の薬店に遊びに行ったっけ。店主のおじさん、元気にしてるかな？」

――農園を出たのは昼過ぎだった。

もう帰路に着かないと、お城への到着が深夜になってしまう。病み上がりのヘンドリック様を心配した執事のトマスさんに急かされて、私たちは後ろ髪ひかれる思いで獣車に乗り込んだ。

今度はビビさんのお店で会おうと、笑顔で約束をして。

9

帝国滞在最終日。タラはヘンドリックとアイーダに遊んでもらいながら、充実感でいっぱいだった。

（この兄ちゃんも、農家のおばさんも、命が助かってよかっただ。まさか大変な病気だったなんてなあ）

そして、無職だと思っていたのにこの国の偉い人だったことにも驚いた。人は見かけによらないのだなあと感心する。

浮かれ気分で粘土をこねていると、おもむろにヘンドリックが立ち上がった。

「タラ姫。聞きましたよ。あなたが僕の異変に気がついてくださったそうですね。心からお礼を申し上げます」

「何の話だ、兄上？」

きょとんとするアイーダだが、ヘンドリックは「こちらの話だから、アイーダは気にしないでくれ」とだけ言ってタラに向き直る。

「あなたはまだ言葉を話せませんが、僕を助けようと行動してくださったことに敬意を表します。この大恩はいつか必ずお返しいたします」

ヘンドリックはタラの前に跪き、最上級の礼をとった。

（兄ちゃん……。そんな風に思ってくれてただか）

思いがけない行動に、タラの胸は熱いものでいっぱいになっていく。

（こんな能力、気味が悪くていらねえと思っていたけど。おら、役に立てただ。お礼を

言ってもらえただ）

それは、タラにとって初めてのことだった。

自分は発育が遅く、問題のある子供なのではないか。そのことはずっとタラの心の片隅にあって、常にうっすらとした不安を抱かせていた。

そんな心の小さな陰りが、ヘンドリックの言葉でみるみるうちに晴れていく。

（……おら、すっごく嬉しいだ）

言葉を話せなくても、赤ん坊でも。誰かの役に立って、お礼を言ってもらうことができるのだ。胸にあふれた喜びは自信へと形を変えていく。

（人とは違うのかもしれねえけど、おらはこれでいいのかもしれないだ。おらに優しくしてくれる人たちは、ちゃんとわかってくれてるんだもの）

タラは少しだけ、自分のことが好きになれた。

膝をつくヘンドリックの肩にポンと手を置き、にこりと笑う。

「ありが、ちょう」

「……！　今、ありがとうと言ってくださったのですか？」

目を見張るヘンドリック。「姫！　喋れたなあ。すごいじゃないか！」破顔したアイーダがタラに飛びついた。

2人の腕の中で、タラは心の底から笑い声を上げたのだった。

◇

帝国を発《た》つ日がやってきた。

澄み切った青い空を見上げる。この高い空がブラストマイセスと繋がっていると思うと、世界って案外小さいのかもしれない。

1か月の予定が、蓋を開けてみれば倍の2か月も過ごさせてもらった。気候も文化も、何もかもが新しい体験だった。たくさんの出会いがあって、悩んだり葛藤もしながら、あっという間に過ぎていった日々だった。

ほんとうに、濃密な時間だった。

港への見送りには、皇族総出で来てくれた。

なぜか鼻を赤くしている皇帝と、イオ殿下を抱っこした皇妃様を真ん中にして、右にヘンドリック様、左にアイーダ。後ろには皇太后様、アルバート公爵夫人に議会長夫妻、エルネストさんも来てくれていた。

みんな笑顔だ。そのことが、なぜだか私の涙腺を刺激した。タラを抱いたデル様とデッキに立って手を振りながら、もう片方の手で目元を押さえる。

「セーナ様！　手紙を書くよ！　王国に帰ってもお元気で！」

アイーダがよく通る声で叫んだ。

「遠くないうちに、今度はこちらから外交に伺います。またお会いしましょう」

ヘンドリック様の声は大きくはなかったけれど、すっと心に沁み込んでいった。

「魔王よ！　儂のことを忘れるでないぞ！　連絡を無視したら魔石の輸出は停止するからな！」

満を持して皇帝が声を張り上げる。その直後に、船が短く2回、汽笛を鳴らした。

3回目の長い汽笛を空に残しながら、ゆっくりと船は離岸していく。水平線しか見えない大海原に出て、また2週間かけて大陸に戻るのだ。

「みんな、元気でね。また会いましょう！」

もう声は届かない。人々は人形のように小さくなっていく。

「よい国であったな。僥倖《ぎょうこう》な旅であった」

デル様がそっと私の肩を抱いて引き寄せる。タラのくりんとした鳶色の目が陽の光を反射して、明るい琥珀《こはく》のように輝いている。

ふたりの顔を見ると、寂しい気持ちに温かな芯が通ったような感覚になる。

私の大切な大切な家族だ。

「……帰りましょうか。私たちの家へ」

「ああ」

「んだあっ!」

復路は往路よりも時間の流れが速く感じられた。

船とドラゴンを乗り継いで、私たちは無事に長い旅路を終えたのだった。

エピローグ

プラーナ帝国からシネルギ草の輸入が開始された。予想していた通りアジュバントとしての働きは申し分なく、予防接種ワクチンの開発は順調に進んでいる。

そしてもうひとつ、私は独自にある事柄について調べていた。

昼休みに実験室で作業をしていると、煙草《たばこ》のようにジャーキーを咥《くわ》えたサルシナさんがぶらりとやってきた。

「この間から、ひとりで何をやっているんだい？　見たところ、ワクチンの実験じゃなさそうだけど」

それもそのはず、手元にあるのは菫色の果実なのだ。ブラストマイセスにはない、帝国だけに実る特別なもの。手土産用という名目で大きな木箱３つ分を船に積み込んで帰ってきていた。

このアカバの実について、私はある仮説を立てていた。

「ピッパさんもマルファン症候群だったのに、ひとりだけ他の家族より症状が軽いことが不思議だったんです。個人差と言ってしまえばそれまでなんですけど、農園で働き始めてから調子が悪くなっていない、というところがずっと引っかかっていて。もしかしたら、日常的に食べていたアカバの実に病気の進行を止める成分が含まれているんじゃないかと思ったんです」

「ははあ、なるほどね。知らず知らずのうちに薬を食べていた、ってわけかい」

「詳しく調べてみないと断定できませんけど、現段階で可能性は濃厚です。ここから薬効成分を抽出精製すれば、根治薬が作れるかもしれません。皇帝にしてやられたぶん、薬の輸出にどういう条件をつけようか今からワクワクしてますよ」

悪い顔をして口角を上げてみせると、サルシナさんも「おお、なんて怖い王妃なんだろうね！」と芝居を打った。顔を見合わせてくすくすと笑い合う。

「……というのは冗談ですけどね。帝国は友人ですから、最低限の条件だけで提供できないかデル様に相談するつもりです」

「皇帝と陛下も親しいんだってね。なんだか面倒な人物みたいだけど、あたしら魔族は歓迎だよ。なにしろ陛下はご友人というご友人がほとんどいなかったからね。魔王は孤高であるべきだった時代はもう古い。陛下に委縮しない人間なんて珍しいんだから、いい出会いがあって嬉しいよ」

サルシナさんは機嫌よく2本目のジャーキーを取り出した。

確かにそうだ、と思う。皇帝は最初からデル様に対して遠慮がなかった。私はそれに良い印象を持たなかったけれど、魔族の皆さんからしたら、それぐらいグイグイいける人間じゃないとデル様の友人にはなれないだろうということだ。

デル様も滞在の最後のほうはなんだかんだ楽しそうにしていたし、日ごろ仕事ばかりしているから息抜きになったことは間違いない。終わりよければすべて良し、というところだろうか。

研究所を出たのは、日がとっぷり暮れたあとだった。立ち上げ間もない研究の最中には予期せぬ事態も多く、結局週の半分ほどは残業している気がする。

魔法陣でお城の自室に戻ると、机の上に封筒と1冊のノートが置かれていた。

「珍しい封筒ね。どなたからかしら」

日々届く手紙類とは違って、赤と緑で配色された派手な封筒。封蝋《ふうろう》の模様を見て心が躍り、差出人を確認して嬉しさが弾む。

「アイーダからだわ！　さっそく手紙を書いてくれたのね！」

椅子に腰を下ろし、中身を読み始める。

そこにはまず、訪問に対する感謝の言葉が綴《つづ》られていた。妹のように接してくれて嬉しかったこと、呪いの調査は大変だったけれどやり切れて安心したこと、治療薬によってイオ殿下の体調は安定していること。などなど、帝国の近況も書かれていた。

そして最後に。そこまでと比べるとやや小さな文字で、気恥ずかしそうに書かれている内容に目を見張る。

〝実は、エルと婚約することになった。イオと兄上の治療に貢献した功績が認められて、とうとう父上が頷いたんだ。

セーナ様、本当にありがとう。魔王陛下にもよろしくお伝えいただけるとありがたい。おふたりのように睦《むつ》まじい夫婦を目指すよ〟

私は思わずきゃーっと声を上げ、手紙を胸に抱きしめた。

「すごいわ！　よかったわね、アイーダ。エルネストさんも、おめでとう！」

素晴らしいニュースだった。

帝国を発つとき、唯一の気掛かりだったのがこの件だった。近親婚が廃止になったからといって、第一皇女のアイーダと下級貴族の三男であるエルネストさんでは身分差がありすぎた。

彼女は自分の立場を十分すぎるくらい心得ていた。角は立たせたくない。周囲を納得させられるような理由がないといけないな、と悩んでいた。その姿を知っていたからこそ、感無量の思いだった。

「明日、さっそく返事を書かなきゃね」

手紙を机の引き出しにしまい、次はノートを手に取る。

これは、デル様との交換日記帳だ。

帝国滞在で得た学びのひとつに、『お互いに忙しいときの、良好な夫婦関係の維持』があった。仕事や子育ては基本的に後回しがきかない。そうなるとふたりで過ごす時間を削るしかなく、すれ違いが生まれていくのだ。

帰国してからも、私はワクチンの開発、デル様は魔石の普及にと、忙しい日々が続いている。夕食のテーブルを一緒に囲めないこともあり、会話の時間も減った。デル様は「夕食などいくらでも待つし、寝なくても平気だ」と言ってくれたのだけど、無茶をして体調を崩しては元も子もない。こういう生活は当分続くのだから、お互い無理のない形で落としどころを作るべきだと思った。

そこで提案したのが、交換日記だった。

このノートが私の部屋にあるということは、デル様はもう休んでいるということ。

ぱらりとページをめくる。

〝遅くまでご苦労であった。我が国のために日々骨身を砕いてくれて感謝している。

今日は魔石具工場の視察に行ってきた。生産は順調に進んでいたから、国中に行き渡る日もそう遠くないだろう。

晩餐《ばんさん》は、料理長が帝国風の味付けに挑戦したらしい。アマルティエの小食堂で食べたような煮込みだが、忠実に再現されていて美味だった。たくさん食べるといい。

それと、タラが力作の絵を描いてくれた。挟んでおくから、ぜひ見てほしい。

愛している〟

美しい文字はそこで締めくくられていて、画用紙が1枚挟まっていた。

「力作ですって？　どれどれ」

二つ折りの紙を開くと、そこには私とデル様、そしてタラの3人の姿が描かれていた。

そして各々の頭の上には――。

「〝とうさま〟〝かあさま〟……〝たら〟？　えっ。タラってば、文字が書けるようになったの⁉」

衝撃のあまり画用紙とノートを落としそうになり、慌てて掴み直す。

年齢のわりにすごく賢いとは思っていたけれど、まさか喋る前に文字を覚えるなんて。

たどたどしいけれど力強く書かれたクレヨンの文字。もう一度目でなぞる。

「……ほんとうに、あなたって規格外ね。さすがデル様の子供だわ」

感嘆のため息とともに、胸の底から愛おしさが込み上げる。

さっそく子供部屋に向かうと、タラはすやすやと健やかな寝息を立てていた。

「さすがにもう寝ているわね。いい夢を見るのよ」

柔らかい髪を撫でながら、明日になったらとびきり褒めてあげなくちゃと思う。

「……ねえロシナアム。夕食が届くまで、まだ時間はある？」

「はい。申し訳ございません。急がせますね」

厨房《ちゆうぼう》へ向かおうとするロシナアムを引き留める。

「お腹が空いたんじゃないわ。その……、ちょっとでもデル様のお顔を見に行こうかなって」

「そういうことでしたか。陛下、お喜びになりますわね。なんだかんだ、陛下が先にご就寝なさったことなんて一度もありませんもの」

交換日記を読むと、彼のように美しく整った字で愛を綴られると。やっぱり会いたくなってしまう。

結局お話に行かれるのでしたら、あんまり意味がないんじゃないですの？　とロシナアムには笑われたけれど、デル様がいいと言ってくれる限りは続けたい。だって、愛情が2倍になったように感じられて、それだけで私はどんな薬より元気になれるから。

オサシミちゃんとワサビ君に餌をあげてから、急いで寝室に向かう。

「デル様！　ただいま帰りました！」

部屋に駆け込むと、横たわって本を読んでいた彼の穏やかな視線が向けられる。

本を脇に置いて、いつものように麗しく微笑んで。そして両手を広げてこう言うのだ。

「おかえり、セーナ。さあ、こちらにおいで」

夕飯に食べるはずのお料理は、結局朝食になってしまったけれど。

家族3人で食べた帝国風の煮込み料理は、世界のなによりも、とびきり幸せな味がしたのだった。


（了）

あとがき

読者の皆さまのおかげで二巻を出すことができました。ありがとうございます。

昨年の九月、十月に小説一巻（上下巻）が発売されたあと、年明け三月からは初瀬白《はつせしろ》先生によるコミカライズも始まりました。ありがたいニュースが続いており、身が引き締まる思いで日々を過ごしています。

ちなみにコミックス一巻も本日発売となっています。現在店頭でこのあとがきを読んでいる方は、どうぞそのままマンガ売り場までお立ち寄りください。素晴らしくカッコいい表紙になっていますよ！


前回のあとがきではろくな内容を書かなかったので、今回は真面目な話をしてみます。

そもそも私が小説を書き始めた理由は「薬学や医療の面白さを伝えたい」というものでした。私自身も薬剤師の端くれなのですが、薬剤師って世間的には「薬局や病院で調剤するのが仕事だよね」という印象が強いのではないかと思います（私も就活するまでそう思っていました……）。

そういった固定イメージを打ち破るべく、主人公セーナは多才な薬剤師になりました。

薬剤師って、実はいろいろなところにいます。厚生労働省で薬事に携わっていたり、はたまた科捜研で証拠品の分析をしていたり。麻薬取締官《まやくとりしまりかん》や自衛隊のなかにもいます。薬の専門家には違いないのですが、それだけではない面白い職業です。薬剤師というものをもっと知ってもらうこと。そして医療の面白さを感じてもらうことが私の目標です。

医療以外では、タラは書いていてとても楽しいキャラクターでした。幸薄ヘンドリックも好きです。どうも私の描く男性は不幸な目に遭いがちだということに気がつきました。

暑い日が続きますが、お身体に気をつけて。水分補給はまめにしましょう。

二〇二三年夏　優月アカネ

<初出>

本書は書き下ろしです。

この物語はフィクションです。実在の人物・団体等とは一切関係ありません。
また、登場する医療行為は架空のものであり、実在のものとは関係ありません。

◇◇メディアワークス文庫

薬師《やくし》と魔王《まおう》2

光芒《こうぼう》の縁《えにし》をつなぐ

優月《ゆづき》アカネ

2023年8月25日　初版発行

発行者　山下直久
発行　株式会社KADOKAWA
〒102-8177　東京都千代田区富士見2-13-3
0570-002-301（ナビダイヤル）
装丁者　渡辺宏一（有限会社ニイナナニイゴオ）
印刷　株式会社暁印刷
製本　株式会社暁印刷

●お問い合わせ
https://www.kadokawa.co.jp/（「お問い合わせ」へお進みください）
※内容によっては、お答えできない場合があります。
※サポートは日本国内のみとさせていただきます。
※Japanese text only

※定価はカバーに表示してあります。

Printed in Japan
ISBN978-4-04-915048-3 C0193

メディアワークス文庫　https://mwbunko.com/

本書に対するご意見、ご感想をお寄せください。

あて先
〒102-8177　東京都千代田区富士見2-13-3
メディアワークス文庫編集部
「優月アカネ先生」係

◇◇◇

ワケあり男装令嬢、ライバルから求婚される〈上〉
「あなたとの結婚なんてお断りです！」

江本マシメサ

既刊2冊
発売中！

“こんなはずではなかった！”
偽りから始まる、溺愛ラブストーリー！

利害の一致から、弟の代わりにアダマント魔法学校に入学することになった伯爵家の令嬢・リオニー。

しかし、入学したその日からなぜか公爵家の嫡男・アドルフに目をつけられてしまう。何かとライバル視してくる彼に嫌気が差していたある日、父親から結婚相手が決まったと告げられた。その相手とは、まさかのアドルフで――!?

「さ、最悪だわ……！」

婚約を破棄させようと、我が儘な態度をとるリオニーだったが、アドルフは全てを優しく受け入れてくれて……？

メディアワークス文庫

第7回カクヨムWeb小説コンテスト恋愛部門《特別賞》受賞作

迷子宮女は龍の御子のお気に入り
～龍華国後宮事件帳～

綾束 乙

新入り宮女が仕える相手は、
秘密だらけな美貌の皇族!?

失踪した姉を捜すため、龍華国後宮の宮女となった鈴花。ある日彼女は、銀の光を纏う美貌の青年・珖璉と出会う。官正として働く彼の正体は、皇位継承権――《龍》を喚ぶ力を持つ唯一の皇族だった！

そんな事実はつゆ知らず、とある能力を認められた鈴花はコウレンの側仕えに抜擢。後宮を騒がす宮女殺し事件の犯人探しを手伝うことに。後宮一の人気者なのになぜか自分のことばかり可愛がる彼に振り回されつつ、無事に鈴花は後宮の闇を暴けるのか!?　ラブロマンス×後宮ファンタジー、開幕！

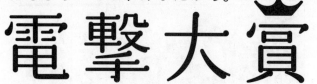